여기 한 생명이 태어나고 자라 어엿한 성인이 될 법한 19년의 세월 동안 오롯이 자유를 꿈꾸며 살아온 한 사람이 있다. 저자는 북한에서 굶어 죽을 위기를 넘기고, 중국으로 탈북한 후에는 노예와 같은 삶을 견뎌 낸다. 인권을 유린당하고 자유를 억압당하고, 더 기본적으로는 연명하는 것조차 쉽지 않았던 저자의 인생을 보고 있노라면 자유의 가치가 얼마나 소중한지, 인간이 인간답게 살아간다는 것이 얼마나 중요한지 다시금 깨닫게 된다.

그들은 왜 한국을 꿈꾸는가. 우리는 왜 그들의 인생에 귀를 기울여야 하는가. 그 정답은 바로 이 책 안에 있다.

박범진, 북한인권시민연합 이사장

19년

일러두기
___

저자의 기억을 토대로 집필되었으므로 연도나 지역 등에 약간의
오차가 있을 수 있습니다.

19년

탈출, 인신매매, 도망 그리고 **되찾은 희망**

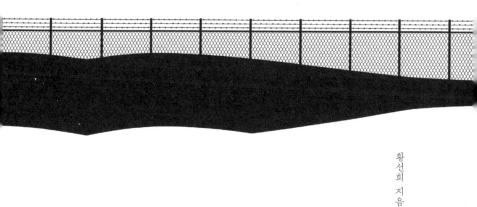

황선희 지음

지식인하우스

황선희 씨를 만난 것은 약수교회였습니다. 교회에서 만날 수 있는 새터민들은 대부분 나이가 많으신 어른들입니다. 나이를 물어보는 것은 실례지만, 나중에 연세를 알게 되면 깜짝 놀라게 되지요. 보기보다 훨씬 더 들어 보이기 때문입니다. 이분들의 깊은 주름은 세월의 파고가 남기고 간 흔적이지요. 북한에서의 고단한 삶, 자유 대한민국으로의 탈출, 완전히 다른 체제인 대한민국에 적응하여 살아 내는 것. 어느 것 하나 쉽지 않았기 때문입니다.

우리는 그동안 외모와 말도 잘 안 통하는 '그들'을 지칭할 여러 가지 단어를 사용하였지요. 귀순자, 탈북자, 북한 이탈 주민, 새터민… 가장 많이 사용하는 단어가 새터민인 듯합니다. 어감은 이전 것들보다 훨씬 순화되었지만, 여전히 '그들'은 우리에게 '타자'로 자리하고 있습니다. 오래전에는 그 수가 적어서 이분들의 존재조차 알지 못했지만, 이제 그 숫자가 빠르게 증가하여 우리와 함께 살고 있는 엄연한 대한민국 국민임을 부정할 수 없습니다.

선희 씨는 북한에서 목숨을 걸고 탈출한 분이라고 느껴지지 않을 정도로 매우 씩씩하고 열정이 넘치는 분입니다. 한 모임에서 선희 씨의 지난 이야기를 듣고 마음이 많이 아팠습니다. 우리가 당연하다고 느끼는 것들도 그에겐 어느 것 하나 그냥 주어지는 것이 아니었지요.

거친 삶의 파고 속에서 선희 씨는 긍정의 힘을 놓치지 않았습니다. 그 힘은 그를 자유 대한민국까지 이끈 힘이 되었고, 이제는 사랑하는 딸 수연 양을 지키는 힘이 되었습니다.

우리는 '남북통일'을 말하지만 아직 북한 주민들의 삶을 잘 모릅니다. 언론이나 뉴스를 통해 접하는 이야기는 불확실하고 대부분 가공된 것들입니다. 우리는 너무 쉽게 단편적인 정보와 지식을 가지고 성급히 통일을 이야기합니다. '같이 사는 것'은 서로를 알고 나와 다른 너의 삶을 이해하는 것이 선행되어야 하는데도 그 지난한 과정을 건너뛰려고 하지요.

우리가 잊고 있었던 '타자'의 이야기를 들려 주어서 참 고맙습니다. 용기를 내어 책을 쓰지 않았다면 또다시 흔적조차 남지 않았을, 사라진 이웃의 이야기가 되었을 겁니다. 선희 씨의 감동적인 이야기가 통일을 준비하는 작은 디딤돌이 되었으면 좋겠습니다. 〈19년〉을 통해 아직 우리가 알지 못하고 듣지 못했던 수많은 잃어버린 이야기들이 세상에 알려지기를 조용히 기도합니다.

약수교회 담임 목사
박원빈

나는 탈북자다. 스물네 살 꽃 같은 나이에 고향을 떠나, 낯선 이
국땅에서 청춘을 보내야 했다. 내가 원한 것이 아니었음에도 운
명이 인생을 그렇게 만들었고, 운명과 맞서다가 넘어지기도 쓰
러지기도 했다. 고향과 부모 형제의 곁으로 갈 수만 있다면, 단
한 번만이라도 두고 온 가족들의 품에 안길 수만 있다면 하는 희
망으로 그 가시밭길을 헤쳐 왔다.

　1998년 북한을 떠난 후 2017년, 꼭 19년 만에 대한민국에 도
착한 나는 한 살의 어린 아가와 마찬가지였다. 새로운 곳에서 새
로 태어난 것처럼… 그러니 무엇이든 배워야만 했다. 마른 해면
이 물을 빨아들이듯 배움을 꺼리지 않았고, 미소로 인생을 맞이
하고자 했다. 그렇게 긍정적인 마음으로 노력하니 모든 고난이
내게 길을 비켜 주었다.

　이 책은 하나밖에 없는 딸, 수연이에게 나의 지난날을 이야기
해 주는 책이다. 죽고만 싶었던 나날 속에서도 결국 쓰러지지 않
고 걸어올 수 있었던 불굴의 의지와, 사막에 버려져도 오아시스를

찾아 헤치고 나와야 한다는 인생의 신념을 얘기해 주고 싶었다.

이 책을 쓰는 것이 쉽지만은 않았다. 아물었던 상처를 다시 헤집고, 피눈물로 얼룩진 인생을 돌이키는 것과 같았다. 어떤 문장을 써 내린 밤에는 눈물로 새벽을 지새우기도 했고, 언젠가는 너무 아파서 글 쓰는 것을 포기하려고도 했었다. 그러나 그 시간들은 상처로 얼룩진 인생에도 결국 다시 일어나 살아갈 수 있는 원동력이 되어 주었다. 이처럼 내 인생담이 지금 어디선가 쓰러져 힘들어하고 있는 이들에게 조금이라도 보탬이 될 수 있기를 바란다. 그것만으로도 내 인생은 성공한 것일 테다.

남과 북이 서로의 거리를 줄여 가고자 노력하는 시기다. 나의 글이 북한의 실상을 알고 싶어 하는 이들에게도 조금이나마 도움이 되었으면 하는 바람이다.

지금도 이 딸을 기다리고 계실 아버지께 따뜻한 술상을 차려 드리게 될 날과 두고 온 동생을 꼭 그러안고 미안하다고 말해 줄 그날을 그린다. 여러분도 부디 만남의 그날을 함께 기다려 주기를 간절히 기도한다.

지나온 어제를 돌아보는 길 위에서
황선희

19년

탈출, 인신매매, 도망 그리고 되찾은 희망

차례

1 선택권을 잃은 인생

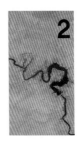

2 고향을 떠나 이국으로

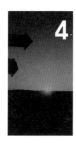

1장

선택권을 잃은 인생

아버지, 나의 아버지

한 분의 아버지가 백 명의 스승보다 더 낫다는 말처럼, 내게도 스승 같은 아버지가 계셨다.

인생의 중반에 서서 문득 돌아본 인생은 파란곡절이라고 할 만큼 힘든 나날의 연속이었다. 지칠 대로 지쳐서 죽음을 선택한 날도 있었지만 결국 그 모든 시간을 이겨 내고 다시 일어나 운명과 싸워 나갔다. 더 나아지리라는 희망을 품고 노력한 끝에 이제는 인생의 봄을 맞이하고 있다. 목숨을 걸고 사선을 넘어온 나날, 쓰러져도 기어코 다시 일어날 수 있었던 내 힘의 근원은 무엇이었을까? 고민할수록 모두 아버지의 덕인 것 같다.

이제는 나도 딸을 둔 엄마가 되어 내 딸, 너에게 내 인생 이야기를 들려주려고 한다. 죽음을 감수하고 희망을 찾아 도전한 엄마처럼, 너도 험난한 인생 중 무너지는 순간이 오더라도 끝내 일어서 주었으면 하는 마음이다. 하루하루 힘든 나날을 보내고 있는 이 땅의 모든 딸들에게도 서툴게 써 내려간 글이 조금이나마 의지가 될 수 있기를 바라며.

딸아! 엄마는 70년대 중반의 어느 꽃피는 봄날, 북한의 수도 평양에서 태어났다. 한국에 와 보니 사람들은 '평양'이라고 하면 땅이 좋고 간부들이나 사는 곳이라고 생각하는 듯했다. 내 딸, 너도 가 보지 못한 엄마의 고향이 바로 그 '평양'이다.

네가 그리도 궁금해했던 너의 외할아버지는 운수대대에서 자동차를 모는 운전사였고, 외할머니는 의사였다. 우리 가족은 대대로 평양 사람이었다. 엄마의 어린 시절은 이처럼 부모를 잘 만난 덕일까, 정말로 행복했었다.

할머님, 큰 고모님, 아버지, 어머니, 나, 그리고 여동생 여섯 식구가 모두 함께 평양에 살았다. 할머님부터 온 집안이 맏딸인 이 엄마를 편애한다 싶을 정도로 사랑해 주시곤 했다. 인민학교★에 들어가서도 할머님의 등에 업혀서 학교를 다닐 정도였으니, 긴 설명을 하지 않아도 알 수 있을 터이다.

지금도 기억이 생생하다. 예닐곱 살 정도의 따뜻했던 어느 날, 낮잠을 자다가 문득 얼굴이 따가워 깨어나 보니 아버지가 자애롭게 웃으며 꺼칠한 턱수염을 내 볼에 비비고 계셨다. 며칠간 일을 하던 아버지가 이제야 돌아온 것이었다. 나는 어슴푸레 깨어난 딸의 모습에 웃는 아버지를 보고 너무 기뻐 "아버지!"하고 목에 매달렸다.

★ 북한의 4년제 초등교육기관, 현재는 5년제 소학교로 개편되었음

아버지는 그런 나를 번쩍 들곤 목마를 태워 주며 "내 딸, 아버지가 바람 쏘여 줄까?" 하고 말씀하셨다. 딸아, 어린 엄마는 아버지의 그 한 마디를 세상에서 가장 좋아했었다. 이 말을 하고 나면 아버지는 나를 차에 태우고 산책하며 놀아 주었기 때문이다. 목마를 탄 나는 너무 신이 나 조그만 다리를 휘휘 저으며 아버지의 가슴을 치듯이 춤을 췄다. 그러면 아버지는 여전한 미소를 지으며 잔뜩 들뜬 나를 데리고 산책을 나갔다. 어린 내게는 그때가 가장 행복한 시간이었다.

아버지는 조그만 입술로 깔깔대는 딸을 옆에 태우고 한참을 함께 이야기 나누다가 대동강 변에 차를 세웠다. 그리고는 나를 안고 대동강 주체사상 탑★ 맞은편에 앉으셨다.

당시는 아직 주체사상 탑을 건설하고 있을 시기였다. 아버지는 나를 품에 안고 탑을 가리키며 말씀하셨다.

"딸아. 네가 아빠의 말을 기억할 수 있을지, 이해할 수 있을지는 모르겠지만 이 이야기를 잊지 않고 살길 바란다. 저기 보이는 것이 주체사상 탑이다. 너는 아직 어려서 '주체사상'이 뭔지는 모르겠지만 이것 하나만 기억해 둬라. 사람은 자신의 운명을 스스로 책임져야 한다. 누구도 네 운명을 책임져 주지 못한다. 사람은 스스로의 힘을 믿고 자신의 운명을 위해 노력해야 삶을 책임질 수 있는 거란다. 아버지나 어머니도 네 인생을 책임져 줄 수

★ 1982년 김일성의 생일을 맞아 건설된 김일성 우상화의 대표적 상징물

없다. 이 아버지가 너를 아무리 사랑할지라도, 네가 다 큰 후까지 너를 책임져 줄 수는 없지 않겠니? 기억해라. 아무리 커다란 절망을 만나더라도 희망을 잃지 말고, 해낼 수 있다는 생각으로 자신을 믿고 노력해라. 노력하면 그 열매는 너를 찾아올 테니… 그럼 그 어떤 고난도 너를 막지 못할 것이며, 찬란한 인생을 살아갈 수 있을 것이다. 너는 내 딸이니 꼭 잘할 수 있을 것이라고 믿는다. 할 수 있지?"

딸아, 너는 이해할 수 있을지 모르겠다. 너무 어렸던 엄마는 아버지의 말이 무슨 뜻인지 잘 알아들을 수 없었다. 다만 아버지가 해 주신 말씀이기 때문에 기억하려 했고, 무작정 "할 수 있어요." 라고 대답도 했다.

이 엄마는 북한에서, 중국에서, 또 한국에서 어려운 순간을 마주해도 이날 들었던 아버지의 말씀을 되새기며 고난을 이겨 낼 수 있었다. 자살을 시도했다가 실패한 후에도 이 말 속에서 힘을 얻어 다시 일어날 수 있었고, 미소로 인생을 계획하면서 후회 없는 인생을 살기 위해 노력했다.

아버지의 그 말씀이 없었다면 내 인생이 과연 어땠을지 상상조차 할 수 없다. 온 가족이 고향을 떠나 낯선 지방으로 가서 살아야 했을 때도, 아버지가 차 사고로 교화소★에 들어가셨을 때도 믿을 데는 나밖에 없다는 생각으로 이겨 낼 수 있었다. 또 아

★ 북한만의 특수 형무소로 노동교화형을 선고받은 수형자들이 가는 곳이며 우리의 교도소와 같음

버지가 교화소에 갔다 왔다는 이유 때문에 대학을 포기해야 했을 때도, '고난의 행군'* 탓에 전국이 혼란스러운 상황에 어머니의 약을 구하러 뛰어다닐 때도, 결국 약을 구하지 못하고 어머니를 잃어야 했을 때도… 결국은 그 말 속에서 일어날 수 있었다.

아버지가 그때 해 주었던 이 말은 내 인생의 나침반이 되었다. 또 살아갈 수 있는 힘의 원천이기도 했다. 아버지는 '자신의 힘을 믿고 희망을 가진 채 노력하면 무슨 일이든지 해낼 수 있다.'는 것을 어린 딸에게 가르쳐 주려고 한 것이다.

딸아, 너의 외할아버지는 그런 분이었다. 엄마 인생의 등대가 되어 가르침을 남겨 주신 분. 물론 아무리 노력해도 진창 속에서 허덕이는 것처럼 빠져나오기 힘들었을 때, 아버지의 말이 아무런 힘도 되지 않는 순간 역시 있었다. 그러나 인생은 속이지 못한다. 자신이 노력한 만큼 거둬들이는 것이 인생이다.

이제는 내 딸, 너에게 그 말을 그대로 돌려주고 싶다. 언제 어디서나 자신을 믿어라. 엄마가 그랬듯 고난 앞에서도 끝없는 노력을 한다면, 결국 꿈의 새싹을 틔울 수 있는 봄을 맞이하게 될 것이다.

북한을 떠난 후 그렇게나 존경하고 사랑했던 아버지께 따뜻한 밥상 한 번 차려드리지 못하고 19년이라는 세월을 보냈다. 지금

★ 1990년대 중후반 북한이 극도의 경제적 어려움을 겪은 시기에 이를 극복하기 위해 제시한 구호

이 순간도 나와 같은 하늘 아래에서 딸이 억세게 살아가고 있을 것이라고 믿으며 걱정하고 계실지, 아니면 이제는 하늘나라에서 맏딸 걱정을 하고 계실지조차도 알 수 없다.

나의 아버지는 평범한 분이었다. 유명한 인물의 명언도 아니고, 그저 어릴 적 딱 한 번 들었을 뿐인 아버지의 한마디가 지금도 내 앞길을 비추는 등대가 되어 주고 있다. 그것은 아버지의 말에 나를 향한 지극한 사랑이 스며들어 있고, 그 어떤 역경 속에서도 인생의 길을 잘 걸어 나가기를 바라는 간절한 마음이 녹아 있기 때문일 것이다.

"아버지, 항상 절 믿고 걱정하지 마세요. 언제 어디서나 아버지의 말씀대로, 아버지께 부끄럼 없는 딸로 살아갈 것입니다. 꼭 기다려 주세요. 이 딸이 차려 드리는 따뜻한 밥상 받게 될 그날을 꼭 기다려 주세요."

시작된 인생의 내리막

딸아, 엄마가 한국에 들어와서 제일 많이 배우고 들은 것은 '인생은 그래프'라는 말이었다. 오르막이 있으면 내리막이 있고, 내리막이 있으면 오르막이 있다는 말을 들으며 내 인생을 돌이켜보았다. 오르막은 짧았고 내리막은 너무 길었지만 어쨌든 그것도 맞는 말이라고 고개를 끄덕일 수 있었다.

이 엄마의 인생에서 어린 시절은 아주 행복한 날들의 연속이었다. 하지만 그 인생의 그래프가 오르막에서 내리막으로 향하기 시작한 시절이기도 했다.

할머님의 품에서 어린 시절을 보냈고, 고모님의 품에서 어리광을 피웠으며, 삼촌의 엄한 교육 밑에서 한글을 배웠다. 그 시절에 보낸 제일 행복한 시간은 아버지의 등허리를 기어올라 목마를 타거나, 어머님이 하는 일을 흉내 내며 소꿉장난하던 순간이었다. 버려진 주사기를 들고 오이나 가지, 수박이나 토마토에 주사 놓는 시늉을 하면 할머님이 대견해하며 웃곤 하셨다.

인민학교에 입학한 후에도 할머님의 등에 업혀 다닐 정도로 많은 사랑을 받았다. 학교에서 화장실을 찾지 못했다는 이유로 집에 돌아와 할머님께 어리광을 피우던 그때. 지금 생각해 보면 그때가 이 엄마의 인생에서 가장 행복했던 시간들이었다. 하지만 인생은 행복한 시간들로만 이어지는 것이 아니었다.

8살이 되던 해였다. 아버지가 문수거리★ 건설에서 많은 성과를 이룬 덕에 그 근처에 있는 새집으로 이사할 수 있게 된 시기였다. 온 집안이 경사 난 것처럼 기뻐할 때, 불행의 신이 우리 집의 문을 두드렸다. 불행은 그렇게 느닷없이 찾아오는 것이었다.

그것이 무엇이냐면, 딸아, 당에서 '불구자를 평양에 두지 말라.'는 방침이 떨어졌던 것이다. 아마 어린 너도 이것이 말도 안 되는 일이라는 걸 알 테지만, 그런 방침이 내려오고야 만 것이다. 우리 큰 고모님은 선천적으로 간질이라는 병을 안고 태어난 분이었다. 불행 중 다행으로 할아버지가 한의사였던 덕에 어느 정도 치료를 해 볼 순 있었으나, 완치는 되지 않아 일 년에 한두 번쯤 발작을 일으키는 정도였다. 할머님은 그런 고모를 차마 정신병원에 보낼 수 없는 성정을 가진 분이었다. 아픈 아이를 떼어 놓자니 마음이 찢어지도록 아파 끝끝내 함께 데리고 사셨는데, 그것이 문제가 되어 온 집안이 평북도로 쫓기듯 이사를 가야 했던

★ 대동강 기슭 문수 평야에 건설된 거리

것이다.

딸아, 엄마가 지금의 너보다도 훨씬 더 어린 날이었다. 부모님은 어린 나를 평양 삼촌 집에 맡기려고 했지만 나는 울면서 반대했다. 나도 같이 가겠다고, 믿어 달라고. 열심히 공부해서 김일성종합대학★을 졸업하겠다고 말했다. 그렇게 해서 반드시 아버지 어머니를 데리고 평양으로 돌아올 것이라는 맹세도 했다. 울면서 매달리는 말에, 어머니는 그저 어린 나를 품에 안고 눈물 흘릴 수밖에 없었다.

그렇게 이사하는 날이 찾아왔다. 우리 온 가족의 마음을 담은 양 하염없이 비가 내리는 날이었다. 아버지 직장에서 자동차를 동원해 우리 집 이사를 도와주었다. 이삿짐을 실은 화물 자동차 안에서 주룩주룩 내리는 빗줄기를 바라보던 것이 기억난다. 태어나고 자란 고향을 뒤에 두고, 소꿉시절 같이 자란 친구들을 뒤에 두고 낯선 곳으로 향하던 마음. 그 마음은 빗줄기처럼 처량했고 낯선 땅처럼 어수선했다.

하지만 불행은 이것으로 끝나지 않았다. 오히려 시작에 가까웠다. 너무 큰 충격과 스트레스를 받은 탓인지 그렇게 정정하시던 할머님이 뇌출혈로 쓰러지게 된 것이다. 그 후 2년 반이 넘도록 후유증 때문에 자리에서 일어나지 못했으며, 어머니는 그런 할머님을 위해 병원을 그만두고 가족을 돌보게 되었다.

★ 북한 최고의 엘리트를 양성하는 고등교육기관

딸아, 이 엄마는 나를 사랑해 주고 무조건 내 편이 되어 주었던 할머님을 그렇게 잃어야 했다. 또한 할머님을 보낸 지 채 한 달도 못되어 사랑하는 아버지마저 교통사고 때문에 교화소에 가고 말았다. 이 엄마의 나이가 겨우 10살도 되지 않은 때였다. 하늘과 땅이 무너지는 것 같았다. 행복했던 집안은 그렇게 차츰 무너져 갔다. 아버지는 총 8년 형을 선고받았고, 그 소식을 들은 어머니도 결국 쓰러지고 말았다.

할 수 없이 아버지 직장의 도움을 받아 고모님부터 병원으로 보낸 후 어머니와 함께 집안을 돌보게 되었다. 전국적으로 평양 제일 고등학교를 위한 진학 시험이 있었으나, 아버지 일로 인해 시험 명단에서도 빠져 버렸다.

어린 마음에도 내 인생은 여기서 끝장이라는 생각이 들었다. 분하고 억울했지만, 그런 생각을 계속할 여유조차 없었다. 우선은 어머니를 도와 당장 오늘을 살아가야 했으니. 또 아버지를 살리기 위해 면회를 다녀야 했던 어머님 대신 내가 어린 동생을 돌보며 집안 살림을 도맡아야 했다.

남몰래 행복했던 시절을 그리면서도 어머니가 걱정할까 봐 혼자 숨어 울던 어느 날, 생각지도 못한 일이 벌어졌다.

당시 이 엄마가 살고 있던 곳의 바로 옆집에는 평양에서 이사 나온 가족이 살고 있었다. 평양에서 왔다는 동질감만으로도 정말 친구처럼, 또 친척처럼 지내던 집이었다. 그 집에는 나보다 큰 아들도 있었고, 나와 동갑인 딸도 있었다. 동갑내기의 딸은 나와 같은 학교, 같은 반, 같은 책상에 앉아 공부하는 쌍둥이라고 불릴 만큼 가까운 친구였다.

　어느 날 아침, 친구와 함께 등교하기 위해 옆집에 갔더니 그 집안사람들이 온통 울고 있었다. 아버지의 사고로 어려워진 우리 집 형편을 도와주며 살던 옆집이 갑자기 이사를 간다는 것이었다. 어머니와 나는 "서로 의지하며 같이 살고 싶었는데 이렇게 당신들마저 가게 된 거예요?"라고 서운한 기색을 감추지 못했다.

　어딜 가서든지 잘 살라고, 꼭 편지하라는 인사를 건넸으나 이사를 도와주러 온 사람들이 인사도 할 수 없게 빨리 가라며 윽박을 질렀다. 나는 울고 있는 그들을 보며 어린 마음에 생각했다.

　'평양에서 이런 곳까지 왔는데, 더 나빠져 봤자 얼마나 나빠지겠어? 대체 왜 우는 거지.'

　그러나 뭣도 모르고 있던 나는 학교에 갔다가 선생님께 혼쭐이 나고 말았다. 그 애가 어디로 가는 건지 아느냐, 그런 애를 보내면서 인사는 무슨 인사냐, 그 애 할아버지는 우리나라가 싫어 남조선으로 도망간 사람이다, 그런 반동분자에게 인사를 하는 너도 반동분자냐.

　선생님께 야단을 맞으면서 나는 몰랐다고, 알았으면 안 그랬을 거라고 대답하는 수밖에 없었다. 하지만 어린 나는 그것이 무슨 소린지 도무지 알 수 없었다. 학교가 파하고 집에 돌아와 어머니께 그 이야기를 했더니 어머니는 나를 품에 안고 서글프게 웃었다. 어머니도 당 총회에서 야단을 맞았다고, 그 집에 비교하면 우리 집의 어려움은 어려움도 아니라고 하며. 그러니 힘을 내서 아버지가 돌아오실 때까지 굳세게 살아가자고 나를 위로하셨다.

딸아! 이 엄마는 그때 어린 마음에 이런 생각을 했었다. '우리 집이 제일 불행하다고 생각했는데, 나보다 더 불행한 사람도 있구나. 아무런 희망도 없는 사람들에 비하면 내게는 그래도 희망이 남아 있다. 그러니 노력하면 되지 않을까? 열심히 노력해서 김일성 종합 대학에 입학하면 우리 집도 다시 일어설 수 있지 않을까?' 그래서 어머니를 도와 희망을 안고 살아야겠다고 다짐하며 일어설 수 있었다.

사실은 아직도 그 사람들이 어디로 갔는지, 어떻게 사는지 모른다. 지금도 때때로 그들을 떠올려 보곤 한다.

이 엄마의 스승인 김우선 작가님은 책 〈어떻게 나를 차별화할 것인가〉에서 이렇게 말했다. '스스로 아름다운 나비가 될 수 있다는 것을 잊지 말자. 애벌레가 네다섯 번씩 껍데기를 벗고 번데기가 되어 모든 것을 버리듯이, 고통스러운 과정은 반드시 필요하다. 가장 힘겨운 상황을 이겨 내고 나면 가장 아름다운 모습으로 변신하는 것이 자연의 법칙이기 때문이다.'

엄마는 이렇게 온 가족의 사랑을 받으며 어리광만 부릴 줄 알았던 철부지 애벌레로부터 한 껍데기를 벗어야 했다. 모든 아픔을 감내하고 자그마한 어깨로 살림살이를 떠맡아야 하는, 집안 맏이의 책임을 거머쥘 수 있는 소녀로 하룻밤 사이에 철들어야만 했다.

어머니와 함께 울던 어린 날에

딸아, 그런 말을 들어 본 적이 있니? '여자는 약하지만 엄마는 강하다.' 너의 할머니이자 엄마의 엄마였던 그분도 이 말처럼 약하지만 강한 분이었다. 나의 어머니는 1950년에 태어나 6·25 때 외할머니의 품에 안겨 감옥살이를 했다. 당시 얻은 병을 47년 동안 쭉 앓게 되었지만, 의학과 한의학을 모두 공부한 훌륭한 분이기도 했다.

우리 집이 평양 밖으로 쫓기듯 이사를 가게 되었을 때, 당 조직에서는 어머니를 따로 불러 이혼을 권했다고 한다. 그러나 어머니는 당의 권유에 따르지 않았다. 어린 딸들과 남편을 위해 이혼을 거부하고 고향과 형제들을 뒤에 둔 채 가족과 함께 이사를 간 것이다. 어머니는 돌아가시던 순간에도 '후회는 하지 않지만, 그때의 결정이 옳은 것이었는지는 모르겠다.'고 눈물을 머금으며 이야기했다.

그분도 참 기구한 인생을 살았다. 뇌출혈로 쓰러진 할머님을 돌보면서도 교화소에 수감 중인 남편을 구하고자 발 벗고 뛰었다. 눈물로 얼굴을 씻으면서도 어린 딸들을 데리고 성치 않은 몸으로 굳세게 살아왔다.

아버지의 사고 탓에 어머니는 병원 출근도 할 수 없게 되었다. 대신 탐사대★ 건설 중대에서 남자들과 함께 벽돌을 찍고, 지게로 나르고, 집을 짓는 고된 일을 해야만 했다.

몸도 좋지 않은 어머니는 고된 노동에 찌든 채 집에 돌아오면 눈물을 흘리곤 했다. 그럴 때마다 어린 이 엄마도 그저 어머니를 붙들고 함께 울 수밖에 없었다. 그런 고난의 나날도 결국 꿋꿋이 이겨 내던 어머니의 모습이 머릿속에, 마음속에 뚜렷하게 새겨져 있다. 그래서 내가 중국에서의 그 어려운 나날들을 웃으며 견뎌 낼 수 있었던 것인지도 모른다.

그것 말고도 문제는 또 있었다. 어머니는 한 달에 한 번씩 아버지 면회를 가기 위해 집을 나섰는데, 그곳에 가려면 많은 돈이 필요했다. 배급에 얹혀사는 우리 집에서는 몸보신을 위한 꿀이나 계란, 찹쌀, 고기를 살 돈은커녕 여비부터 부담이었다.

평양에서부터 조금씩 장만했던 옷가지를 비롯해 돈이 될 수 있는 물건들을 그때 전부 팔아 치웠다. 그렇게 만반의 준비를 해서 가도 면회는 고작 한 시간. 아버지께서 그 한 시간 안에 모든

★ 땅속의 광물을 찾아내는 일을 하는 곳

음식을 다 드셔야 한다는 것이었다.

철부지였던 나는 이해할 수 없었다. 보통 면회를 갈 때마다 꼭 챙겨 간 것들은 찰떡 1kg 이상, 꿀 한 병, 계란 10알, 돼지고기 1kg 등이었는데, 아니, 어떻게 사람이 한 시간 안에 이 많은 것들을 다 먹을 수가 있겠니?

그러나 어머님은 "이렇게 먹어야 아버지가 한 달을 굶어 죽지 않고 버틸 수 있단다."라고 하셨다. 그렇게 먹지 못하면 아버지가 죽는다고, 나를 안고 울곤 하셨다.

내 딸, 나는 어머니께서 면회를 가실 적마다 같이 데리고 가 달라고 옷자락을 붙들고 매달렸다. 아버지가 보고 싶다는 어린 딸의 등을 마냥 쓰다듬던 어머니는 항상 눈물을 머금고 손을 떼어 낸 후 홀로 길을 떠나곤 했다. 그랬던 어머니가 딱 한 번 나와 동생의 손을 잡고 면회를 데려간 적이 있다. 아버지의 비참한 모습을 딸들에게 보여 주고 싶지는 않았으나, 아버지가 우리를 보고 싶다고 말한 것 같았다.

아버지가 계신 곳은 까마득히 먼 곳이었다. 서른두 시간이 넘도록 기차를 탔던 것으로 기억된다. 처음으로 보는 세상이었다. 그렇게 높은 산은 처음 보았다. 바위도 하얀 색이었다. 별천지 같은 주변 풍경을 구경하다가 기차에서 내려 자동차를 타고 한참 들어가니 그리 크지 않은 건물이 보였다. 그곳이 바로 아버지가 계신 곳이었다.

수속을 밟은 후 면회 준비를 하라는 말이 떨어지자, 그곳에 모인 많은 사람들이 분주히 산으로 향했다. 우리도 그 인파와 함께 산으로 향했다. 그리곤 마른 나뭇가지를 주워 모닥불을 피우고, 준비해 온 차가운 음식물을 덥혔다.

얼마나 기다렸을까, 죄수들을 실은 자동차가 도착했다. 사람들은 우르르 몰려가 혹시 자신의 가족을 볼 수 있을까 가슴을 졸이며 지켜봤다. 나 역시 아버지를 찾아보려 노력했으나 찾지는 못했다.

순서를 기다리던 끝에 어머니가 우리 자매의 손목을 붙잡고 아버지를 만나러 가자고 이끌었다. 따라 들어가 보니 죄수복에 수갑을 찬 아버지, 너무도 말라서 뼈에 가죽만 붙어 있는 것 같은 아버지가 눈에 띄었다.

첫눈에 아버지를 알아보지 못한 탓에 어머니가 등을 떠밀었다. 그제야 아버지를 알아본 나는 그만 울음을 터뜨리고 말았다. 그렇게 멋지던 아버지가 이 사람이라고… 마음이 아파 울기만 하던 내게 어머니는 강인한 목소리로 이야기했다. 울 시간이 없다고, 빨리 몇 마디만 하고 아버지에게 먹을 수 있는 시간을 줘야 한다고. 면회 시간이 정해져 있기에 말이 길어지면 음식 먹을 수 있는 시간이 짧아진다는 것이었다. 나와 동생은 그저 "아버지, 아버지!" 하고 외칠 수밖에 없었다.

결국 어머니와 아버지가 안부와 함께 당부 몇 마디를 남기고는 다시 건물 안으로 사라졌다. 검사한 음식을 먹을 수 있는 시간이라는 것이다.

딸아, 어렸던 엄마는 주변의 눈치를 보며 동생의 손을 잡아끌고 건물 뒤로 살금살금 다가갔다. "언니야, 어디 가는 거야?" 하고 묻는 동생에게 "내가 봤어. 아빠를 데리고 이쪽으로 왔으니깐 아빠가 여기 어디쯤 있을 거야. 조용히 해, 걸리면 끝장이니까!" 하고 답했다. 얇은 벽 너머로 그 소리를 들은 아버지가 우리를 몰래 불렀다.

나는 아버지께 빨리 식사를 하시라고, 식사하시면서 얘기하라고 목이 메어 말했다. 하지만 아버지는 "아빠 걱정 말고 꼭 열심히 공부해라. 빠른 시일 내에 집으로 돌아갈 테니 어머니 속 태우지 말고 잘 도와야 한다."라는 당부를 할 뿐이었다.

몇 마디 하지도 못했는데 안에서 큰소리가 났다. 아버지는 재빨리 어머니에게 가라는 말을 남기고 건물 안쪽으로 들어가셨다. 지금 생각해 보면 그때 아버지가 얼마나 야단을 맞았을지, 아직도 속이 상한다.

딸아, 엄마의 아버지는 이렇게 총 2년 8개월을 교화소에서 보냈다. 원래 8년 형을 선고받았으나 일을 잘하고 태도가 좋았기 때문에, 또 그동안 받았던 많은 훈장을 다 바쳤기 때문에 약 5년을 빨리 살아서 나올 수 있었다.

아버지가 돌아온 집에는 실로 간만에 생기가 돌았다. 어머니의 얼굴에도 웃음이 돌았고, 자다가 어슴푸레 일어나면 내 머리 맡에 앉아 머리를 쓰다듬는 아버지를 볼 수도 있었다. 행복이 다시 나를 찾아온 것만 같았다.

그때는 내가 열심히 공부를 해서 좋은 대학에 가면 부모님이 다시는 고생하지 않고 살 수 있을 것이라고 굳게 믿었다. 그런 믿음으로 부모님을 고생시키지 않으려 밤낮없이 훌륭한 학생이 되려고 노력했다.

아버지는 딸들에게 절대로 죄 짓지 말고 살라는 말을 간곡히 타이르곤 했다. 감옥에 가는 것보다는 차라리 스스로 목숨을 끊는 것이 더 낫다는 말과 함께. 나는 그때 그런 말을 들으며 '사람은 죄를 짓지 말고 살아야 하는구나.' 하고 생각했다. 그것은 지금까지도 내 인생의 철학이 되어, 언제나 착하게 살기 위해 노력하고 있다.

하지만 딸아, 이 엄마도 중국에서 공안국에 잡혀 감옥살이를 해 보았다. 그런데 그곳에서는 '이것도 감옥살이인가?' 싶은 생각이 들 정도로 식사를 잘 챙겨 주었다. 북한의 교화소에서는 풀이라도 뜯어 먹을 수 있으면 행복한 것이라고 했다. 어쩌다 개구리를 잡아먹으면 그날은 명절 부럽지 않은 날이라고 할 정도로 죄인들이 있는 곳에는 풀도 뿌리째 뽑혀서 없고 개구리 한 마리 찾아보기 힘들다.

아버지는 교화소에서 살아 돌아오셨으나, 그것은 몸뿐이었다.

그렇게 자신감 넘치고 당당하던 모습만은 돌아오지 못했다. 단 한 번의 사고로 아버지의 인생이 망가졌고, 우리 집안이 망가진 것이었다.

나는 그때 아버지가 일어나길, 다시 멋진 사람이 되길 바라고 바랐지만 지금 생각해 보면 아버지를 탓할 일만은 아니다. 그 체제가, 그 사회가 그것을 허용하지 않았던 것이다. 어딜 가나 토대라는 문건★이 따라다녔기 때문이다. 잘 되면 아첨하고 못 되면 더 밟아 버리는 체제 속에서 아버지도 어쩔 수 없으셨을 테다.

인생길은 여러 갈래라고 하지만, 북한에서는 인생을 자신의 뜻대로 선택할 수 없다. 오직 국가가 가리키는 곳으로 가야 하고, 시키는 일만 해야 하는 것이다.

그러나 너에게 꼭 해 주고 싶은 말이 있다. 절망은 결론이 아니다. 아무리 끝이 안 보이는 터널 속을 걷고 있다 하더라도 우리의 결론은 희망이다. 절망은 우리의 마지막 언어가 아니다.

이 엄마 역시 그런 절망 속에서도 희망을 잃지 않고자 했다. 노력하면 인생을 내 힘으로 꽃피울 수 있으리라 굳게 믿고, 모든 힘을 다해 노력했다.

★ 집안 대대로 내려오는 성분이 적혀 있는 것

노력은 웃음거리가 되었다

내 딸, 너도 겪은 바가 있으니 알고 있을 것이다. 온 가족이 함께 살아가는 것만큼 행복한 순간은 없다. 아버지가 집에 돌아온 후 병원에서 고모님도 데려올 수 있었다. 물질적으로 풍족하지는 못했어도 가족들과 함께 살아가는 마음만은 행복했다. 봄에는 모두 함께 소풍을 가고, 가을에는 뒷산으로 밤도 따러 가고… 추석에 할머님 산소를 찾아가면 남쪽으로 아득하게 펼쳐진 황금 바다가 한 폭의 그림처럼 아름다웠다. 소꿉친구들과 함께 강가에서 고기를 잡아 어죽을 쑤어 먹고 뒹굴던 그때가 눈에 선하다.

봄이면 진달래로 몸을 빨갛게 단장시키는 청룡산★으로 등산을 가기도 했다. 그곳에 가면 친구들과 함께 산에 올라 밤을 따서 불을 피워 놓고 밤 청대★★를 해 먹었다. 시원하고 달콤한 산골짜기 물을 들이켜고 햇볕에 따뜻해진 바위 위에서 뒹굴며 웃고 떠들던 그때가 그립다. 꿈속에서라도 다시 한번 가고 싶은 곳이며,

★　평안북도 운전군 대연리 남쪽에 있는 산
★★　밤을 송이째 구워서 까먹는 일

다시 돌아가고 싶은 때이다.

　어린 시절의 이 엄마는 가족을 일으키려 모든 힘을 다해 노력했다. 학교나 군, 도에서 열리는 경연이란 경연은 다 참가했고 성적도 괜찮은 편이었다. 학업 성적은 물론 체육이나 음악까지 모든 과목에서 좋은 점수를 받으려고 애를 썼다. 그러면 인정받을 것이라고 생각했고 인정받으면 대학 진학에 어려움이 없을 것이라고 믿은 덕이었다. 그러나 그것은 나의 오산이었다.

　고등중학교★ 6학년 때 봄철 '농촌 지원 전투'★★를 준비하는 시기였다. 대학 시험을 앞둔 시기였기 때문에 대학에 진학할 학생들은 학교에 남겨 공부를 시켰다. 당시 현실이라곤 아무것도 몰랐던 내가 학교에서 공부를 하게 해 달라고 하니 담임 선생님이 말씀하셨다.

　"너는 네가 무슨 주제인 줄 알고 공부니 뭐니 하는 거야? 네 아버지가 어디에 갔다 왔는지 모르는 거냐?"

　"아니, 선생님! 우리 아버지가 어디에 갔다 왔든 내가 공부해서 대학 가겠다는데 그게 무슨 상관이에요?"

　"아직 철이 덜 들었군. 쓸데없는 짓 하지 말고 농촌 지원 전투

★　우리나라의 중학교 및 고등학교를 합쳐 놓은 북한의 6년제 교육기관, 현재는 개편되었음
★★　'농사에 모든 역량을 총동원, 총집중하자'라는 구호 아래 전체 주민을 동원하여 인근 농장 노동을 돕는 것

에나 잘 나가."

그의 단호한 말에 일순 눈앞이 캄캄해졌다. 그간 해 왔던 모든 노력이 전부 물거품이 되어 버린 것이었다. 억울했다. 절망이라는 것이 무엇인지 그제야 비로소 피부로 느꼈다. 그때를 생각하면 엄마는 지금도 이가 갈리고 치가 떨린다.

며칠 동안 자리에서 일어날 수가 없었다. 모든 것이 귀찮아진 탓이었다. 앞길이 캄캄했지만, 그렇다고 부모님들께 가슴에 못을 박는 말은 할 수가 없었다. 그저 하루 종일 강둑이나 뒷산의 개울물 곁에서 멍하니 앉아 있는 것밖에는. 딸아, 어렸던 나는 배우는 것을 몹시 좋아했다. 그저 공부를 하고 싶었을 뿐인데 어째서 아무것도 할 수 없었던 것일까?

선생님은 농촌 지원 전투에 나가지 않은 나를 데리고 오라며 동창들을 집에 보냈다. 그런 선생님 앞에서 나는 책을 갈기갈기 찢어 버렸다. 마음대로 하라고, 죽일 거면 죽이라고 울며 외쳤던 날이다.

책을 찢는다는 것, 그게 어떤 의미인지 너는 아마 잘 모를 테다. 북한은 종이가 부족해 꼭 필요한 교과서마저도 한 학생당 한 권씩 받을 수가 없다. 공부를 하려면 공책에 교과서를 전부 베껴 써야 했고, 문제 풀이집은 물론 공부할 수 있는 모든 자료들 역시 밤을 새며 한 글자 한 글자 베껴야 했다. 그런 북한 학생들에게 수업 시간보다도 중요한 것은 바로 노동 시간이다. 수업에 빠지는 것은 용서할 수 있으나, 노동에 빠지는 것은 용서할 수 없는 것이었다.

모내기, 김매기, 풀베기, 가을 전투… 무슨 일이 그리도 많은지. 날이 어두워질 때까지 일을 하고 나서야 집으로 갈 수 있었다. 그렇게 시달린 후에도 엄마는 집에 들어가 숙제를 하고 교과서와 문제 풀이 책을 베껴 공부를 했었다.

책을 찢는다는 건 그런 거였다. 피와 땀이 섞인, 손이 부르트도록 베껴 썼던 그 모든 책들을 주저 없이 갈기갈기 찢었다. 그건 비극이었다. 나의 모든 노력은 결국 웃음거리가 되고 말았다.

정말이지, 아직까지도 그때를 뒤돌아보면 울고 싶은 기분이 된다. 소설책을 들고 이야기 속에 빠져 있는 것을 좋아했던 시절. 나 역시 그 주인공들과 다를 바 없었다. 주인공의 운명이 작가의 손에서 결정되는 것처럼, 내 운명도 내가 아닌 북한의 정책이 결정해 놓은 것이었다는 걸 뒤늦게 깨달았다.

그 시절엔 바위와 소나무를 그리며 바위처럼 굳세게 살아야 한다고 나 스스로를 위안하곤 했다. 소나무처럼 굳건하게 살자고, 쓰러지지 말자고 나에게 힘을 주려 했지만 쉬운 일은 아니었다. 다 그린 그림을 갈기갈기 찢어서 시냇물에 떠내려 보내며 '이게 내 인생인가?' 하고 자문하던 것이 아직도 생생하다.

그러던 어느 날, 아버지와 어머니가 나를 불러 앉혔다. 네 마음은 알겠으나 그래도 마음을 다잡고 인생을 살아가야 하지 않겠느냐는 말씀이었다. 원망하려면 이 아버지를 원망하라며 한숨을 쉬는 모습에 가슴이 저렸다.

　그런 두 분 앞에서 나약한 모습을 보일 순 없었다. 그래서 누구도 원망하지 않으니 걱정하지 말라고, 부모님의 딸이니 괜찮다고, 꼭 좋은 대학을 가야 성공한 인생은 아니지 않느냐고… 무슨 일을 하든 후회 없이 살기 위해 노력할 것이라고 부모님을 위안했다.

　그렇게 졸업한 후에는 조그마한 지질 탐사 전문학교에 입학했다. 하지만 그곳을 나와서도 취직이 문제였다. 이리저리 애를 써서 아버지가 계신 탐사대로 겨우 배치를 받아 2년을 보냈다. 그런데 이번에는 당의 방침이 떨어졌다. 모든 노력을 다해 외화벌이를 늘이라는 명령이었는데, 우리 군에서의 외화벌이란 조개를 캐서 중국에 파는 것이었다. 군대를 가야 하는 남자들은 제외하고 남은 여자들이 조개를 캐는 수산 사업소에 동원되었다.

　한 척의 배에는 300~400여 명의 여자들이 올랐다. 썰물 때는 바다로 나아가 조개를 잡고 밀물 때는 그것을 포장해 중국에 팔았다. 그렇게 바다에서 살다가 보름에 한 번씩은 육지로 들어와 3일의 준비 기간을 갖고 다시 바다로 나아간다. 3월에 얼음이 깨지면 나아가는데, 고무장갑도 없어서 낡은 실로 뜬 장갑을 끼고 오들오들 떨며 조개를 캐야 한다.

　내 딸, 너는 밀물이 들어오는 바다를 본 적이 있니? 그곳에서는 밀물 때가 되면 배로 돌아오라고 소리를 쳤는데, 그 소리를 들는 즉시 제 몫의 조개 바구니를 메고 정신없이 배를 향해 뛰어야 한다. 만일 멀리서 조개를 캐고 있다가 그 소리를 듣지 못하면 물 들어오는 속도가 너무 빨라 배에 오르지 못하고 죽게 된다.

달리고 달려 겨우 배에 오르면 숨 돌릴 틈도 없이 자기가 캔 조개의 무게를 달고 몇 킬로그램이 나왔는지 보고한 다음 포장을 해야 한다. 무게가 너무 가벼우면 생활총화★에서 비판을 받기 때문에 모든 힘을 다해 조개를 캐야 한다.

딸아, 엄마의 어린 시절은 이러했다. 인생을 스스로 선택할 수 있는 기회는 단 한 번조차 없었다. 꽃 같은 희망과 포부로 불태워야 할 청춘에 말이다. 북한에서는 '노력은 성공의 어머니이고, 노력하면 안 될 일이 없다.'고 가르친다. 직접 겪어 보니 그것은 결국 말뿐인 교육으로 모두 거짓말에 불과했다. 피나는 노력을 해도 가문에 흠이 있으면 무용지물이었고, 희망이나 포부도 출신 성분이 좋은 사람들에게나 통하는 말이었다. 받쳐 주는 배경이 없는 이들은 그저 나라에서 가라는 곳으로 가고, 당이 하라는 대로 하는 꼭두각시 인생을 살아야 했다. 그것이 당이 원하는 충성이었다.

시간이 갈수록 점점 줄어들던 배급도 마침내 끊어지고 말았

★ 당이나 근로 단체 같은 조직에서 자신의 잘못, 동료의 잘못을 비판하는 것

다. 게다가 엎친 데 덮친 격이라고 어머니까지 병으로 쓰러져 일어나지 못했다. 병원에는 약이 없었기 때문에 중국과 가까운 신의주, 회령이나 일본과 가까운 원산 쪽으로 약을 구하러 다녀야했다. 당장 약이 급했기 때문에 평양 건설돌격대*에 이름을 걸어 놓고 약을 구하는 길에 나섰다.

돌이켜 보면 이 엄마는 인생에서 장애물을 만날 때마다 남을 탓하기보단 스스로의 힘으로 뛰어넘고자 했다. 누구도 탓하지 않고, 누구도 원망하지 않고… 힘들어도 계속 노력하면 성공적인 삶을 살 수 있을 것이라고 믿었다.

하지만 아무리 애를 써도 앞은 캄캄하기만 했다. 그저 하루를 사는 하루살이처럼 코앞의 세끼를 위해 이리저리 뛰어야만 했다. 도대체 나의 희망은 어디에 있는 것인지, 있기는 한 건지 하늘에 물으면서 말이다.

★ 북한의 국가 건설에 동원되는 건설 전문 조직

고난의 행군

"'고난의 행군'이 뭐예요? 쌀이 없어서 배곯고 못사는 걸 말하는 건 알고 있어요. 그런데 그걸 왜 고난의 행군이라고 부르는 건지는 모르겠어요."

"원래 고난의 행군은 90년대 초반부터 '미국이 경제 봉쇄를 하는 바람에 북한의 경제가 어렵게 되었으니, 인민들이 사회주의 건설을 위하여 허리띠를 졸라매고 사회주의를 지키자.'고 하는 당의 구호였어요."

"그러면 고난의 행군이라는 이름은 어떻게 붙인 거예요?"

"김일성이 이끌었던 항일 유격대가 1938년~1939년 만주에서 일본군 토벌 작전을 위해 혹한과 굶주림을 겪으며 100일 넘게 행군했다고 해요. 1994년에 김일성이 사망한 후 나라의 경제가 어려워지자 이때의 유격대를 본받아 허리띠를 졸라매어 굶주림을 이겨 내고 사회주의를 지키자고 이름을 붙인 거예요."

딸아! 이 대화는 엄마가 한국에 온 지 얼마 안 되었을 때 누군가와 나누었던 이야기다.

고난의 행군… 겉으로는 태연하게 말하고 웃으며 이야기를 나누었지만, 이 엄마의 가슴속엔 눈물이 흘렀다. 김일성과 항일 유격대원들을 본받아 허리띠를 졸라매고 사회주의를 지키자는 당의 선전이 시작된 지 한두 달도 안 됐을 때였다. 그때부터 북한에는 굶어 죽는 사람들이 생기기 시작했다.

당이 주는 배급에 의지해 살던 사람들은 갑자기 배급이 끊기자 산으로 들로 나물을 캐러 다녔다. 그 탓에 산과 들에는 칡뿌리를 캐러 다니는 사람들, 소나무 껍질을 벗기러 다니는 사람들로 인산인해였다.

그마저도 하기 힘든 이들은 속수무책으로 죽어 갔다. 사람이 죽으면 기업소*에서 해 주던 관도 '고난의 행군'이 시작되자 얻을 수 없었다. 나무가 없어서 관을 만들 수도 없었거니와, 관을 만들면 상을 지내고 사람들을 불러 관을 메어 나가야 했다. 하지만 부조할 것이 없으니 오는 이도 없었고, 또 오는 이들에게 먹일 것도 없었다. 그러면 사람들은 어쩔 수 없이 죽은 이를 가마니나 마대에 감아서 지게에 지고 산에 올라갔다. 산 중턱에 팔 수 있는 만큼 구덩이를 파고 시신을 묻으면 끝이었다. 그나마도 이렇게 할 수 있는 것은 가족이 있거나 집에서 죽은 사람들뿐이었다. 며칠 집을 나갔다가 들어오면 "동네의 그 애가 죽었어."라는 말이 예사로 들려왔다. 반년도 못 되어 나라에 도적이 판을 치고 강도

★ 경영 활동을 하는 사업체로, 우리의 회사와 같음

가 우글거렸다.

딸아, 너는 상상도 못 할 것이다. 고작 강냉이 밭을 지키려 총을 메고 서 있는 군인들의 모습을. 그렇게 지켜도 사람들이 목숨을 걸고 서리를 해 가는 바람에 강냉이 밭의 중간은 텅텅 비고 강냉이 대만 남아 있었다. 조금 힘 있는 장정들은 그렇게 해서라도 먹고 살았다.

그게 아닌 여자들은 모두 장삿길에 올랐으나, 나라에서는 장사도 못 하게 규찰대*를 세워 단속을 했다. 그 단속에 걸리면 모든 것을 다 뺏기고 알거지가 되어 온 가족이 가만히 앉아 굶어 죽기를 기다려야 하는 판국이었다.

장마당의 장사꾼들은 물건을 몸에다 감추고 그러안은 채 장사를 하다가 규찰대가 오면 목숨을 걸고 뛰어 달아났다. 그렇게 조금씩 벌어서 입에 풀칠이나 하며 겨우 살아가던 시기였다. 먼 거리를 다니는 장사꾼들은 화물 자동차를 타고 다녔다. 그때는 중국 담배 한 갑이 화물 자동차를 탈 수 있는 차비와 같았다. 장사꾼들은 도로에 서서 자동차만 보면 담배를 높이 쳐들고 차를 세워 달라고 소리를 쳤다.

또한 기차는 전기 사정과 철길 상태로 인한 연착이 너무 심했다. 기다림 끝에 기차가 들어오면 이번엔 그것을 타기 위한 치열한 싸움을 벌여야 한다. 기차 안은 사람이 너무 빼곡해서 한쪽 다

★ 일정한 조직체의 질서를 바로잡고 통제하기 위하여 조직한 단체

리로 설 자리도 없었고, 기차 위에도 기어 올라간 사람들로 북적북적했다.

그러다가 사고로 죽는 사람, 잠깐 졸다가 물건을 다 도둑맞고 죽게 생겼다고 대성통곡하는 사람을 보는 것은 심심찮은 일이었다. 지금 생각해 보면 그 광경이야말로 인간 지옥에 가까운 것 아닌가 싶다.

내 딸, 혹시 너는 '꽃제비'라는 말을 들어 본 적이 있는지 모르겠다. 기차 역전이나 장마당을 비롯한 곳에는 언제나 꽃제비들이 가득했다. 꽃제비는 러시아어 '꼬체비예'라는 떠돌이 유랑인을 뜻하는 말에서 유래된 단어인데, 곧 거지를 가리키는 것이다. 북한에서는 그들을 꽃제비라고 부른다. 누가 이름을 지은 건지 참 예쁜 이름도 지어 줬다. 꽃제비…

빌어먹고 사는 사람, 역전이나 장마당 등 바람을 막을 수 있는 곳에서 웅크리고 자는 사람. 우스운 것은 그 어린 시절 이 엄마가 '우리나라는 김일성과 당의 은혜 덕에 거지가 없는 나라이다.'라고 배워 온 탓에 거지가 어떻게 생긴 사람들인지도 모르고 자랐다는 것이다. 그러했으나 결국은 고난의 행군 한두 달 만에 거지를 보았다. 아니, 꽃제비를 보았다.

지금도 잊히지 않는다. 장마당에 들른 어느 날이었다. 물건을 사서 나오다가 꽃제비를 보았다. 순간 두 눈을 믿을 수 없었다. 예의가 아니라는 것을 알면서도 몇 번이고 그를 다시 쳐다보았다. 그를 뚫어지게 쳐다보고 있으려니, 어느 순간 시선을 느낀 꽃제비가 뛰어 달아나기 시작했다. 그제야 확신이 들었다. 내가 아는 사람이었다.

그는 이름을 부르며 뒤따라오는 나를 돌아보더니 "언니, 제발 따라오지 마!" 하곤 더욱 빠르게 달아났다. 장마당에서 만난 꽃제비. 그 아이는 두 달 전만 해도 나와 함께 웃으며 일을 하던 아이였다.

잊히지 않는 그의 모습이 있다. 윤기가 흐르던 치렁치렁한 머리칼이다. 허리를 훌쩍 넘어 다리까지 오던 그 애의 까만 머리칼… 댕기를 따서 허리까지 늘어뜨린 치렁치렁한 머리칼은 모든 친구들이 부러워하는 것이었다.

나 역시 그의 머리칼을 정말로 부러워했다. 내가 그를 단번에 알아보지 못한 것은 그의 허름한 옷차림 때문이기도 했지만, 더 중요한 이유는 짧은 머리 때문이었다. 제대로 이발을 한 것이 아니라 가위로 뭉텅 자른 듯한 머리.

손에 낡은 우산 하나를 쥐고 뛰어가던 그의 모습이 아직까지도 눈에 생생하다. 그도 꽃제비가 된 것이다! 딸아, 아는 사람이 꽃제비가 된 것을 보는 순간의 기분을 너는 모를 것이다. 몰라야 한다.

내 인생도 결국 저렇게 끝나는 거 아닐까? 훗날 죽음을 각오하며 북한을 떠나 중국행을 택했을 때에도, 머릿속에는 처량하던 그의 모습이 떠올랐다. 나의 아버지, 나의 동생만은 그렇게 살다가 죽게 할 수 없었다. 그렇기에 목숨을 걸고 그 길을 택할 수밖에 없었던 것이다.

딸아, 이 엄마가 한 달을 기약하며 떠났던 고향이 다시는 돌아갈 수 없는 곳이 되었을 때 가장 두려웠던 것도 그것이었다. 우리 아버지, 내 동생이 꽃제비의 모습으로 변해 꿈속에 계속 나타나는 것. 그것이 너무 미안하고 죄스러웠다. 이 질긴 목숨을 끊는 것만이 속죄의 길이라고 생각해 자살 시도도 여러 번 했었다.

이 엄마에게 북한은 행복했던 날과 함께 지옥 같았던 기억으로 남아 있다. 그래서일까, 아직도 하루가 멀다 하고 하나님께 기도를 한다. 부디 북한의 그 불쌍한 사람들에게 일용할 양식을 달라고, 우리 아버지와 내 동생을 다시 만날 수 있는 그날까지 그들이 굶어 죽지 않고 살아 있게 해 달라고…

나는 지금도 우리 아버지, 동생이 꽃제비가 되어 나를 찾는 악몽을 꾼다. 도저히 깨어날 수가 없다. 그저 눈물로 온 얼굴을 적시며 "미안해, 미안해."라는 말밖에 할 수가 없다. 이것은 아마 나뿐만 아닌 3만여 명의 새터민들이 똑같이 겪고 있는 악몽일 것이다.

지금 이 엄마가 다니고 있는 사이버 대학 교수님이 '사람은 언제나 훗날을 위하여 대비하며 살아야 한다.'는 말씀을 하신 적이 있다. 맞는 말이다. 훗날을 대비하며 살아온 사람들은 그래도 고난의 행군 첫 번째 타격에서 살아남을 수 있었고, 자그마한 밑천으로라도 다른 길을 찾아 나설 수 있었다. 그러나 자신을 위해 조금만 저축해도 개인 이기주의, 자본주의의 꼬리라고 비판 받아 온 그들, 나라를 믿고 당이 주는 것에 매달려 살아가던 그들 중에 미래를 대비해 온 사람이 몇이나 있었을까?

고난의 행군은 내게 큰 교훈을 주었다. 중국에서나 한국에서나 나는 밥풀 한 알도 허투루 버리지 않는다. 버리는 것은 죄라고 생각하니까. 지금도 함께 식사를 하다가 음식을 남겨 버리려는 사람들에게 어딘가에는 배고파 죽어 가는 사람이 있을 것이라고 이야기하곤 한다. 대비하며 살아가는 습관, 아끼고 남겨서 저축하는 습관도 생겼다.

내 딸! 엄마는 지금도 '그때에 비하면 천국이지.' 하며 온갖 노력을 다해 그들 대신이나마 행복해지려고 노력하고 있다.

시체와의 하룻밤

어디선가 절망은 결론이 아니라는 말을 들은 적이 있다. 끝을 모르는 어둠의 터널 속을 걷고 있더라도 희망을 가지라며. 하지만 어린 시절, 이 엄마의 희망은 과연 어디에 있었던 것일까? 당시엔 그저 끝도 모르는 어둠의 터널 속을 걸어야만 했다.

딸아, 나는 집안의 맏딸로서 메야 할 짐이 있었다. 아버지는 교화소의 후유증을 앓고 계셨고 어머니 역시 병을 앓아 자리에서 일어나지도 못했다.

고난의 행군이 시작된 후 배급도 끊긴 탓에 하루 세끼를 위하여, 또 어머니의 약을 구하기 위하여 부지런히 뛰어야 했다. 병원에서 무상 치료를 해 준다고는 했지만 병원이 있으면 뭐하겠니? 약이 없는 것을.

나는 약을 구하러 신의주, 회령, 원산으로 발벗고 뛰어다녔다. 교통이 마비된 건가 싶을 정도로 곤란한 상황에서는 기차로, 기차가 없으면 화물 자동차로 그 먼 길을 뛰어다녀야만 했다.

그전까지는 행복하게만 살아왔다. 학교에 가면 공부를 가르쳐 주었고, 아프면 병원이 봐 주었고, 졸업하면 당에서 일자리를 주었고, 명절마다 배급으로 고깃국도 먹어 보며⋯

하지만 그 모든 것은 하루아침에 끊어져 버렸다. 받는 것에 습관이 되어 버린 우리였으나, 이제는 모든 것을 혼자 힘으로 해결해야 했다. 배고프면 먹을 것을 구해야 했고 아프면 약을 찾아야 했다. 해 보지 않은 것이 없었다. 신의주에서는 밀가루 장사, 사탕가루 장사, 동 장사, 금 장사, 신발 장사, 우유 장사를 했으며 회령에서는 중국 물품을 가져다 넘겼다. 원산에서는 물고기를 가져다 팔기도 했다. 그렇게 조금씩 모은 돈으로 먹을 것을 장만하고 약을 사야 했다. 수입 약품은 또 왜 그리 비싼지⋯

장마당에서 먹을 것을 사면 들고 먹을 수도 없다. 그랬다가는 조금 힘 있는 꽃제비들이 빼앗아 달아났기 때문이다. 먹을 것을 사도 두 손으로 움켜쥐고 눈치를 봐 가며 꿀떡꿀떡 남몰래 삼켜야만 했다.

운이 안 좋은 날에는 약을 사 가지고 오다가 강도를 만나 전부 빼앗기기도 했다. 어느 날은 길가에서 강도를 만나 차비까지 도둑맞고 3일을 내리 굶으며 집으로 돌아온 적도 있었다. 하지만 힘들다고 해도 멈출 수는 없는 길이었다. 내가 멈추면 온 가족이 굶어야 했으므로.

좋은 세상만 보며 살아가야 할 너에게는 굳이 꺼내고 싶지 않은 이야기이기도 하지만, 그렇게 다니면서 수많은 비극을 보았다. 가장 끔찍했던 기억은 시체와 함께 보내야만 했던 하루였다.

1996년 12월 말이었다. 강원도 원산에 계시는 큰어머니에게서 약을 좀 사 놓았으니 가져가라는 소식을 받았다. 나는 그 즉시 원산으로 길을 떠났다. 연말이라 여행증*을 받을 시간도 없었고 받기도 쉽지 않았기에, 여행증 없이 떠날 수밖에 없었다. 처음 떠나는 길에는 그래도 좋은 사람들을 만나 함께 원산까지 도착할 수 있었다. 그곳에 오래 머무르지는 못했다. 집에서 기다리고 있을 부모님이 걱정되어 설날은 집에서 보내야 한다는 말씀을 드리고 또다시 길을 떠났다.

다행히 사촌 오빠의 도움으로 화물 자동차를 타고 고원까지 갈 수 있었다. 왜 그 자동차를 타고 집까지 가지 않았느냐 묻는다면, 거리가 너무 멀어 화물 자동차로는 엄두를 낼 수 없었다고 답할 것이다. 그렇게 고원 역에 도착해 기차를 타기로 했는데, 그마저도 내 뜻대로 되지 않았다. 기차 사고로 철로를 복구 중이어서 언제쯤 기차가 들어오는지도 모른다는 것이었다.

고원 역은 사람들로 인산인해를 이루었다. 그 시린 겨울날, 역전에서 추운 줄도 모를 정도였으니 얼마나 많은 사람들이 거기에 몰려 있었던 걸까, 너는 상상도 할 수 없을 것이다. 기차를 기다리며 하루가 지났지만 가지고 있는 언 밥덩이는 차마 먹을 수

★ 주민의 이동을 통제하기 위한 제도로, 거주지에서 벗어나려면 여행증을 발급받아야 함

없었다. 밥덩이를 꺼냈다가 눈이 뒤집힌 이들에게 빼앗겨 맞아 죽을까 겁이 났기 때문이다. 그보다도 급한 건 목마름이었는데, 역에서 파는 사탕 풀을 탄 물은 조그마한 한 컵에 1원이었다.

참을 수 없을 때마다 그것을 사 마셨지만 오히려 갈증만 생겼다. 돈을 더 줘서라도 생수를 사고 싶었으나 생수는 없다고 했다. 돈을 벌기 위한 장사꾼들의 속셈이었다. 그렇게 이틀이 지나자 사람들은 자신의 옷이나 신발, 허리띠 등을 있는 대로 빵과 바꿔 먹기 시작했다.

저녁에는 역전의 딴딴한 의자에라도 앉을 수 있으면 다행인 셈이었다. 의자를 차지하지 못한 저녁엔 신문이나 두꺼운 박스, 비닐을 깔고 그대로 누워 자야 했다. 말은 잔다고 했으나 사실은 그저 *끄덕끄덕* 조는 수준이다. 깊은 잠에 빠지면 물건을 잃어버릴 게 뻔했기 때문이다.

새벽이 되면 추위를 참지 못하고 자리에서 일어나 팔과 다리를 놀린다. 5시쯤 되면 규찰대가 들어와 사람들 사이를 한 바퀴 돈다. 그 와중에도 누워 있는 사람이 있으면 툭툭 발로 차 본다. 발길질에 일어나면 아직 살아 있는 사람이고, 일어나지 못하면 죽은 사람이다. 아무것도 모른 채 시체와 함께 하룻밤을 같은 공간에서 잔 것이다.

아, 첫날부터 너무 무섭고 놀라 눈물도 나오지 않았다. 역의 한 구석에 쪼그리고 앉아 제발 기차가 빨리 와 주기만을 기도했다.

그렇게 무서워 부들부들 떨었던 누군가의 죽음도 결국 습관이 되었다. 일어나지 않는 이가 있어도 멍하니 그런가 보다 할 정도였으니 얼마나 많은 사람이 굶어 죽고 얼어 죽었는지, 내 딸, 너는 상상할 수 있겠니?

규찰대는 역을 한 바퀴 돌고 나갔다가 손수레를 끌고 다시 들어왔다. 그리곤 여전히 축 처진 사람들을 물건처럼 들어 올려 손수레에 싣고 갔다. 사람들 말로는 구덩이를 파고 시체를 다 같이 묻어 버린다고 했다.

무서웠다. 나도 기차를 기다리다가 저렇게 죽어 버리면 어쩌나 하는 생각이 들었다. 이대로 아무도 모르게 묻히면 부모님도 나를 찾지 못할 것 같아, 손으로 입을 막고 눈물만 줄줄 흘렸다.

그때의 일은 질기게도 악몽으로 찾아왔다. 중국에 가서도 몇 년간은 그 악몽 때문에 잠을 제대로 잘 수가 없었다. 그래도 하나님이 나를 지켜 주고 보살펴 준 덕인지, 4일 만에 첫 기차가 들어왔다. 그러나 말 그대로 '4일 만에 들어온 첫 기차'였다. 얼마나 많은 사람들이 타고 있었을지, 굳이 말로 하지 않아도 알 수 있을 것이다. 출입문은 아예 열지도 않았다.

그래도 나는 군관의 도움으로 창문을 기어올라 기차에 올라탈 수가 있었다. 발이 바닥에 닿지도 않았다. 그렇게 허공에 붕 뜬 채로 8시간… 너무 힘들어 더는 갈 수가 없었다. 이렇게 가다가는 죽어 버릴 것 같았다. 더는 견디지 못할 것 같아 결국 기차에서 내려 버리고 말았다.

내리고 보니 앞에 있는 사람들의 광경도 말이 아니었다. 옷이나 신발을 전부 먹을 것과 바꿔 먹었으니, 추운 겨울 눈 바닥에 발을 디딜 수도 없는 꼴이었다. 그나마 남은 바지를 끄집어 내려서 조심스레 한 발자국 한 발자국 내딛는 게 전부였다.

그래도 다행이다. 살아서 여기까지 온 것만으로도 다행이었다. 겨우 평성의 큰아버지 댁 앞까지 가서 문을 두드린 나는 그 자리에서 쓰러지고 말았다. 정신을 차려 보니 큰아버지 댁의 아랫목이었다. 그 집에서 꼬박 하루를 쉬면서 정신을 차린 다음에야 화물 자동차로 집까지 무사히 도착할 수 있었다.

고난의 행군, 그 어리기만 했던 엄마가 겪은 이런 일들은 전국 각지에서 벌어지고 있었다. 힘겨운 상황 속에서 모든 게 장애물로 느껴질 때, 단 1분조차도 더 버틸 수 없다고 느껴질 때도 포기할 수 없었다.

그렇다. 포기할 수가 없었다. 살아남기 위해서는 이를 악물고 견뎌야 했다. 한 발자국 한 발자국 앞으로 나가야만 했다. 사랑하는 가족이 나를 기다리고 있다는 이유로, 죽음과 시체 속에서도 살아남을 수 있었다.

단 1분조차 견딜 수 없었을 때, 죽음이 오히려 더 행복하지 않을까 생각될 때… 오직 사랑하는 가족을 만날 수 있다는 하나의 희망으로 이 엄마는 일어날 수 있었다.

*

그날 어머니는 눈을 감았다

딸아, 행복이란 참 이상한 것이다. 손안에 쥐고 있을 때는 잘 모르지만, 그것을 잃고 나면 빈자리를 깨닫게 된다. 사람들은 행복이 함께 있을 때에는 그 존재를 깨닫지 못하고 더 많은 것을 얻으려고, 더 많은 것을 받으려고 끊임없이 발버둥 친다.

이 엄마는 가끔 '행복이란 무엇일까?' 하고 생각해 보곤 한다. 중국에서 보낸 20년 가까운 시절에도 그런 생각을 많이 했다. 북한에서는 매일 매끼 배불리 먹을 수 있고, 마음껏 배우고, 하고 싶은 일을 하는 것이 행복이라고 생각했다. 그러나 중국에서 먹을 것 걱정 없이 보냈던 나날이 되어서야 행복이란 그런 게 아니라는 것을 깨달았다.

한국에는 3만여 명의 새터민들이 있다. 그들은 자유와 행복을 찾았고, 먹을 걱정 없이 살게 되었으면서도 여전히 심한 우울증에 시달리고 있다. 살고 싶다는 생각도 버리고 자살 시도까지 하는 사람들이 많은 것을 보면 이것을 잘 말해 주고 있다고 본다.

지금 생각해 보면, 행복이란 '사랑하는 가족과 힘들어도 아파도 함께 지내는 것, 부축하고 밀고 당기면서 시련이든 기쁨이든 그들과 함께하는 것' 같다. 한국에서 만난 한 새터민은 거의 10여 년을 우울증에 시달리며 살아가고 있다. 북한에 두고 온 자식들 걱정이 그를 괴롭히고 있는 것이다. 무언가를 먹을 때면 '자식들은 굶고 있지 않을까?' 하는 걱정에, 잠을 잘 때면 '어디서 추위에 떨고 있는 건 아닐까?' 하는 걱정에 아무것도 하지 못한다. 그는 그 아픈 마음과 후회에서 빠져나오질 못하고 있다.

북한에서 어머니를 위해 약을 구하러 뛰어 다니던 시절, 속으로는 어머니를 원망하기도 했다. 멀쩡한 사람도 살아가기 힘든 판국에 병자를 모시고 살아간다는 것은 정말로 힘든 일이었기 때문이다.

하지만 아무리 힘들어도 어머니가 곁에 계시던 그 나날이 바로 행복이었다는 것을, 어머니를 잃고 나서야 깨달았다. 원망하는 그 어머니가 집에 누워서라도 나를 기다리고 계셨기에, 아무리 어렵고 힘들어도 집이라는 행복이 나를 부르고 있었기에 힘든 나날을 견딜 수 있었다는 것을 말이다.

딸아, 이 엄마는 20대 초반에 고작 47살밖에 되지 않은 젊은 어머니를 잃어야 했다. 그렇게 발버둥 치고 몸부림치며 살리고 싶었던 어머니를 보내야만 했다. 낳아 주고 키워 준, 여태 고생만 하고 살아온 어머니를 그렇게 보내야 했다. 사랑한다는 말 한마디 따뜻하게 건네지 못하고…

어머니는 평양에 갔다가 돌아온 내 손목을 잡고 냉면이 먹고 싶다고 하셨다. 하지만 눈물을 머금고 급하게 삶아 드린 냉면도 채 몇 젓가락 넘기지 못하셨다.

아직도 그 순간이 생생하다. 우리 조금만 더 버텨 보자고, 어머니께서 이렇게 가면 나도 못 살 것 같다고 애원하던 순간. 어머니가 바로 살아갈 수 있는 힘의 원천인데, 나를 버리고 가면 이제 어떻게 하냐고.

어머니는 하나밖에 없는 동생의 손을 내 손에 쥐여 주며 말씀하셨다. "동생을 잘 돌봐 주렴. 네가 맏이이니… 미안하다. 부모를 잘못 만나 너에게 고생만 시켰다. 하지만 엄마는 언제나 너와 함께 있을 것이다. 아무리 힘들고 두려워도 무서워 말아라, 엄마가 항상 너와 함께 있을 테니…"

어머니는 아버지와 동생을 맡긴다는 말을 끝으로 눈을 감았다. 나는 어머니의 마지막 유언도 지키지 못한 불효자식이다.

"엄마, 엄마!"

아무리 불러도 어머니는 다시 눈을 뜨지 못했다. 언제나 먼 길을 다녀온 후에는 저녁이든 늦은 새벽이든 자그마한 인기척을 듣고 일어나 맞아 주었던 어머니. 그 어머니를 아무리 부르고 불러도 대답이 돌아오지 않았다.

아직도 이 엄마는 그날을 회상하는 것이 괴롭다. 어머니를 보내는 것만으로도 가슴이 아파서 죽을 지경이었는데, 상가를 치르는 것 또한 문제였다. 직장에서 책임지고 만들어 주어야 하는

관도 죽어 나가는 사람이 너무 많은 탓에 재료가 없어 만들 수
없다고 했다.

그러나 나는 다른 집들처럼 마대나 가마니에 말아서 어머니를
보낼 수는 없었다. 그렇게는 우리 어머니를 보낼 수가 없었다. 고
민 끝에 재료를 가져오면 만들어 줄 수 있냐고 물어보니 그들은
"만들어 줄 수는 있는데…" 하면서 말했다.

"관을 만드는 건 그렇다 치고 그 후에는 어떻게 하려고 그래.
관을 만들면 관을 메고 나갈 사람을 먹이고 술을 줘야 하는데, 얼
마나 많은 돈이 필요한지 알기나 하냐? 죽은 사람은 죽은 사람이
고, 산 사람은 살아야 할 거 아냐?"

그분은 좋은 마음에, 우리를 위하여 얘기했으리라 생각은 하
지만 나는 그 말에 화가 나 그 자리에서 말대꾸를 했다.

"이러나저러나 어머니를 그렇겐 보낼 순 없어요."

결국 나는 아버지와의 상의 끝에 재료를 마련했다. 어머님이
시집 올 때 장만해 왔다는 농을 뜯어 얻은 판자였다. 그것으로 관
을 만들어 어머니를 보내 드릴 수 있었다.

그 동네에서 난 아기들은 다 우리 어머니의 손에서 태어났다.
우리 동네의 산모들은 아기를 출산할 때 병원을 찾지 않았다. 대
신 우리 집이 병원이었다. 낮이나 밤이나 어머니를 찾아오면 어
머니는 두말없이 출산을 도와줬다.

단 한 명의 사고도 없이, 부모조차도 죽은 것 같다고 포기하는

아기까지도 어머니는 포기하지 않고 다 살려 냈다. 보상 한 푼 받지 않으면서 말이다. 그런 어머니의 덕을 본 동네 사람들 중, 가시는 어머니의 마지막 길을 도와주겠다고 나선 고마운 분들이 있었다.

집안에 있는 모든 것을 다 털어 어머니의 상가를 치렀다. 아직도 그때 들었던 동네 아저씨들의 말이 귀에 생생하다.

"아이고… 그래도 집이 있어 누워 가시니 행복한 줄 알고 편히 가시오…"

사람이 죽으면 관에 모셔 땅에 묻는 것이 인간의 도리가 아닌가? 그런데 고작 낡은 판자로 만든 관에 들어가는 것조차 행복이라고 하는 말에 가슴이 찢어지는 것처럼 아팠다.

도대체 세상이 왜 이렇게 변한 거지? 언제쯤 이런 생활이 끝나는 거지? 고난의 행군은 언제쯤 끝날까, 끝이 나면 다시 잘살 수 있을까? 내가 과연 이런 환경 속에서 살아남을 수 있을까?

이해가 되지 않았다. 어떻게 하루아침에 세상이 이렇게 뒤바뀔 수 있는 건지 도무지 이해할 수 없었고, 또 이런 세상을 어떻게 살아가야 할지 막막하기만 했다. 인생에서 처음으로 술을 마신 게 그때였다. 어머니를 보냈다는 아픔과 슬픔, 여태 살아 보겠다고 발버둥 치며 쌓인 스트레스, 앞으로도 계속 살아가야만 한다는 막막함. 모든 것이 어깨를 누르고 눌러 매일 가슴을 치며 통곡했다. 울고 울다가 지쳐서 쓰러지고 말았다.

2장

고향을 떠나 이국으로

사람들의 꿈, 굶지 않기

딸아! 너는 인간이 살아가면서 누려야 할 가장 기본적인, 가장 최소한의 욕구가 무엇이라고 생각하니? 아마 배불리 먹고 따뜻한 곳에서 잠을 자는 것일 테다. 그러나 당시의 북한에서는 당이 주는 것만 받아먹고 일하며 살아오던 사람들이 하루아침에 그 최소한의 욕구조차 누리지 못하게 되었다.

그때 이 엄마가 살던 곳은 국경 지대도 아니고 깊은 산골도 아니었다. 중국과 접한 국경 지대에서는 밀수로 장사를 할 수 있었고, 산골 지대에서는 부대기★ 농사를 지을 수도 있었지만 그런 것조차 할 수 없는 상황이었다는 뜻이다.

장사는 규찰대 단속이 너무 심해 하루하루 입에 풀칠이나 하는 정도밖에 할 수 없었다. 이마저도 못 하는 사람들은 산으로 들로 나물을 캐러 다녔다. 그 탓에 산과 들의 나물이 멸종할 지경이었고, 끝내는 산의 소나무들도 말라 죽고 말았다. 껍질을 다 벗겨

★ 산에 밭을 만드는 것

먹었기 때문이다. 산에 가면 발에 채일 만큼 흔하던 칡도 다 사라졌다.

엄마는 한국에 온 이후로 길가에 늘어진 칡덩굴을 심심찮게 볼 수 있었다. 그때마다 '내가 살던 곳에 저 칡만 있었어도 그 많은 사람들이 굶어 죽지는 않았을 텐데…' 하며 눈물이 앞을 가렸다. 한국 사람들은 칡을 몸에 좋은 보약으로 여기고 있지만, 내 눈에는 다음 한 끼를 때울 수 있는 양식에 가까웠다.

논에 흔히 보이던 미꾸라지도 멸종의 운명을 면하지 못했다. 논두렁을 파고 동면 중인 미꾸라지까지 찾아내어 전부 잡아먹은 것이다. 힘이 좀 있는 이들은 강냉이 밭에서 도적질이라도 해 먹고살 수 있었지만, 강냉이 밭도 군인들이 총을 멘 채 지키고 있었기에 힘이 없는 사람들은 그것도 할 수 없다. 딸아, 아마 너는 군인들이 총을 메고 강냉이 밭을 지킨다는 소리를 믿을 수 없을 것이다. 하지만 그곳에서는 그게 현실이었다.

같은 동네에서 자란 옆집 오빠는 어머니를 잃고 힘들어하는 내게 강냉이 두세 바구니를 가져다주었다. 그 마음이 고맙긴 했지만 그 집에도 가족이 다섯 명이나 있었다. 우리 식구보다 더 힘들 게 뻔한 이들이기에 괜찮다고 거절했으나 오빠는 단호했다. 결국 고맙다는 인사와 함께 강냉이를 받아들었는데, 뒤늦게 보니 싹이 나온 강냉이였다.

"아니, 오빠. 어디서 싹이 난 강냉이를 구했어요? 산 거예요?

이런 건 값이 좀 싸지 않나요? 나도 사고 싶다. 좋은 강냉이는 너무 비싸잖아요."

"이런 건 파는 데 없어."

그의 답에 어리둥절해져선 그럼 이건 어디서 생긴 거냐고 물었다. 그러자 오빠는 꼭 비밀로 해야 한다며 강냉이를 구한 방법에 대해 이야기해 주었다.

군인들이 지키는 강냉이 밭은 어둠이 내리면 잘 보이지 않는 쪽이 있다고 했다. 그쪽 산기슭을 통해 밭의 중심부까지 몰래 들어갈 수 있다. 중심부에 접어들면 강냉이를 묻는다. 이삭 채 묻을 수도 있지만, 그러면 부피가 너무 크니 시간이 좀 들더라도 강냉이 알로 묻는 것이 좋단다. 군대 때문에 강냉이를 가지고 밭을 나올 수 없으니, 거기서 아예 땅을 파고 강냉이를 묻는 것이다. 가을걷이가 끝나고 지키는 사람들이 철수하면 그때 가서 강냉이를 파 온다. 땅속에 묻혀 오랜 시간이 지난 만큼 강냉이에서도 싹이 트는 것이었다. 하지만 싹이 튼 강냉이라도 그곳에서는 금덩어리만큼 귀한 것이었다.

오빠는 이야기를 하면서도 '너는 절대로 모르는 척을 해야 한다.'며 신신당부했다. 잡히면 끝장이라고. 이처럼 모든 사람들이 다음 끼니를 위해, 살아가기 위해 발버둥을 쳤다. 도둑질은 더 이상 죄도 아니었다. 살아가기 위한 수단일 뿐이었다. 나 역시 그러했다. 동네의 아줌마들을 따라 가을걷이한 논에서 벼 이삭을 주워도 보았고, 벼 도둑질도 해 보았다.

우리 딸, 너도 나와 잠시 헤어졌던 적이 있었으니 이 마음을
이해할지도 모르겠다. 나는 어머니의 상가를 치른 직후 그만 쓰
러져 버렸다. 3일 내내 고열 때문에 자리에서 일어날 수가 없었
다. 아버지와 동생의 보살핌으로, 또 내 손으로 가족을 지켜야 한
다는 의지로 겨우 다시 일어날 수 있었다.

다시 한번 나를 일으킨 것이다. 오직 살아야 했기에. 나뿐만이
아니라 온 가족이 살아야 했기에… 어머님은 지키지 못했지만
어머니의 유언만큼은 지키고 싶었던 것이다.

그러나 상가를 치르며 돈을 다 써 버린 탓에 그동안 해 왔던
장사를 계속 할 수는 없었다. 그나마 가을이어서 동생과 함께 이
삭줍기에 나설 수 있는 게 다행이었다. 그렇게 가을걷이를 한 강
냉이 밭, 고구마 밭, 논을 찾아다니며 매 끼니를 장만했다. 한 끼
한 끼를 겨우 이어가면서도 다가올 겨울이 두려웠다. 겨우내 먹
을 식량을 마련하지 못한 채 겨울이 시작되면 어쩌나, 막막하기
만 했다.

그러던 어느 날이었다. 함께 이삭을 줍던 아주머니가 내게 일
렀다.

"이렇게 이삭이나 주워선 살아남기 힘들어. 밤에 우리 집으로
와. 우리와 함께 가자."

"어디로요?"

"글쎄, 나와 보면 안다니까 그래."

손 놓고 있어 봤자 딱히 방법이 있는 것도 아니었기 때문에,

나는 그 말대로 밤 10시가 넘어 아주머니의 집으로 찾아갔다. 대략 일고여덟 명이 모이자 그들은 어디론가 조심스레 이동하기 시작했다. 아줌마들과 함께 가 보니 볏단을 모아 놓은 곳이 나왔다. 우리는 그곳에서 칼로 벼 이삭을 잘라 배낭에 채우고는 부리나케 도망쳤다. 말 한 마디도 못하고 발에 땀이 날 정도로 도망치다가 겨우 집 근처에 가까워졌을 무렵, 아줌마가 "걸리면 큰일 나니까 잘 숨겨야 한다."는 당부를 던졌다.

나는 그저 고개만 끄덕였다. 결국 도둑으로까지 타락한 날이었다. 그럼에도 살아야 한다는 생각이 앞서, 그것이 도둑질이라는 자각도 할 수 없었다. 무섭고 공포스러웠지만 며칠만 반복하면 겨울 양식을 장만할 수 있을 것 같아 마음은 가벼워졌다.

새벽이 되어서야 집에 들어갔는데, 아버지가 잠도 주무시지 않고 나를 기다리고 있었다. 딸아, 나는 아직도 아버지의 그 걱정 어린 눈빛이 눈에 선하다. 한숨을 푹 쉬던 아버지의 모습…

먹을 것이 생겼다며 눈을 반짝거리는 동생과 함께 장롱에 들어 있던 옷가지를 전부 꺼내 훔쳐 온 벼 이삭을 감췄다. 그렇게 일주일 남짓을 반복하자, 집의 장롱과 이불장을 벼 이삭으로 채울 수 있었다.

쌓아 둔 벼 이삭은 손으로 훑은 다음 맷돌에 갈아 쌀로 만들어야 했다. 살아가야만 하는 사람들의 지혜는 무궁무진하다. 맷돌 바닥에 자동차 바퀴 고무를 씌우고 맷돌을 돌리면 쌀알이 깨지지 않고 벼 껍질이 벗겨져 나간다. 이렇게 서너 번을 반복하면 이삭의 대부분이 쌀알로 변해 나왔다. 담장 안에 굴러다니던 벼 껍질은 깨끗이 쓸어 모아서 아궁이에 태워 버렸다. 들키면 사상투쟁★ 대상자가 될 게 뻔했다. 그러면 단련대★★로 잡혀가는 게 수순이었다.

온 집안이 먼지투성이였지만 입에 풀칠할 쌀이 생겼다는 것만으로도 만족스러웠다. 하지만 딸아, 엄마는 도저히 이해할 수 없었다. 언제쯤 이런 생활이 끝나는 건지 막막하기만 했다. 꿈이니 희망이니 하는 모든 것들이 우스웠다. 꿈이라고는 한 번만 배부르게 밥을 먹어 보고 싶다는 게 전부였다. 희망이라고는 다음 한 끼 걱정하지 않게 쌀을 쌓아 놓고 살고 싶다는 것뿐이었다. 아무리 험한 일이라도 부지런히 일하면 돈을 벌 수 있는 곳, 그리고 직접 번 돈으로 음식을 사 먹을 수 있는 곳이 있다면 그곳이 천국일 것 같았다.

그렇기에 이 엄마는 지금 한국에 새 보금자리를 마련한 후 '천국이 따로 있나? 지금이 천국이지!' 하며 하루하루를 열심히 살려고 노력하고 있다. 다음 한 끼를 걱정하지 않아도 되고 내가 노력한 만큼 먹고 살 수 있는 곳… 다이어트 때문에 '어떻게 하면 덜 먹을 수 있을까?'를 고심하는 이곳이 내가 꿈꿔 온 천국이기 때문이다.

★   공산주의 운동에서 혁명적 프롤레타리아 사상을 가지고 벌이는 투쟁
★★ 재판소에서 노동단련형을 선고받은 자들을 수용하는 곳

내일을 찾아 중국으로

이 엄마가 중국 땅으로 건너간 건 1998년 무렵이었다. 북한 밖에서 만난 많은 탈북자들은 내게 국경 지역도 아닌 평양에서 어떻게 그렇게 빨리 탈북할 수 있었느냐고 묻곤 했다. 물론 나 역시도 탈북을 하게 될 거라곤 꿈에도 생각지 못했다. 하지만 운명은 끝내 나를 그 길에 세웠다. 또한 나 스스로도 가족을 위해 그 길에 서지 않을 수 없었다.

1997년 9월, 어머니를 잃고 상을 치렀을 무렵이다. 신의주에서부터 한 친구가 나를 찾아왔다. 장사를 하러 집을 나섰다가 우리 어머니가 돌아가셨다는 소식을 듣고 위로 차 들른 것이었다. 이 친구는 어머니 약을 구하러 다닐 때 알게 된 사이였는데, 중국 사람들과 밀수를 하던 터라 많은 도움을 받은 적이 있었다.

그는 우리 집에 찾아와서도 중국에 대한 이야기를 많이 털어놓았다. 중국에 가면 돈을 벌기 쉽다, 식당에서 그릇만 닦아도 한 달에 중국 돈 천 위안은 벌 수 있다, 신의주에서는 천 위안을 남몰래 조선 돈 만 원으로 바꿀 수 있다, 중국은 등소평★이 무역을 개방해서 정말 잘산다더라, 중국에서 들어오는 물건들을 봐라, 우리나라에선 보지도 못한 것들이다… 이런 말을 자랑삼아 이야기했다.

때마침 우리 집에는 또 다른 친구가 와 있었는데, 그가 이 이야기를 듣고 내게 넌지시 말했다.

"우리, 이렇게 살 바엔 차라리 중국에 한 번 갔다 올까?"

아, 그때부터 고민에 빠졌다. 그것이 죽음을 각오해야 하는 길이라는 것을 너무나 잘 알고 있었던 것이다. 딸아, 북한에서는 탈북을 시도하다가 잡히는 순간 자살을 각오해야 한다. 나 하나만 죽는 것이 아니라 온 가족, 온 친척들의 운명이 한순간에 파탄 나는 길이기 때문이다.

그렇다고 미련 없이 포기하기엔 살아갈 앞날이 막막했다. 긴긴 겨울, 그리고 보릿고개가 찾아올 봄만 생각하면 눈앞이 아득했다. 장사 밑천이라도 마련하고 싶었다. 언제 끝날지 모르는 고난의 행군을 이겨 내려면, 아버지와 동생을 굶겨 죽이지 않으려면 이 길을 가야만 했다.

또한 어머니 약을 구하러 다닐 때 외국에서는 우리처럼 살지 않는다는 말을 몇 번 들었는데, 그것이 사실인지도 내 눈으로 직접 확인하고 싶었다. 다른 나라 사람들은 어제 산 빵을 먹기 싫어

★ 덩 샤오핑, 제5대 중국공산당 중앙군사위원회 주석

서 금방 만들어 낸 새로운 빵을 사 먹는다는 이야기가 진짜인지 확인하고 싶었다.

다른 나라에선 다 그렇게 산다는데, 우린 왜 이렇게 살아야 하는지 알고 싶었다. 입으로는 자유와 민주를 노래하면서도 조그마한 자유도, 민주도 찾아볼 수 없는 그곳에서, 나는 다른 나라의 자유와 민주란 도대체 어떤 것인지 알고 싶었다.

두 명의 내가 싸우고 있었다. 중국에 다녀오는 것이 살아갈 수 있는 유일한 길이라는 나와, 그러다가 잡히면 온 가문이 망하니 그저 이렇게 하루하루 살다가 죽자는 내가 매일 매시간 매분 매초를 싸웠다.

그러던 어느 날, 같은 동네에 사는 여자가 우리 집을 찾아왔다. 쌀이나 돈이 있으면 좀 꿔 달라는 것이었다. 그는 며칠 동안 입에 풀칠도 하지 못했다고, 자신은 죽어도 괜찮지만 젖먹이인 자식이 불쌍하다고 울며 애원했다. 쌀이 없어 미음도 끓이지 못했고 젖은 당연히 나오지 않았다. 하다못해 결국은 자기 피까지 빨게 했다는 것이다. 제발 쌀 좀 꿔 주어 아이에게 미음이라도 끓여 먹일 수 있게 해 달라는 부탁이었다.

원래 참 예쁜 여자였다. 그렇게 예뻤던 여자가 말라서 뼈만 남아 있었다. 그녀의 품에는 울음소리조차 크게 내지 못하는 아기가 안겨 있었다. 그 처참한 모습에 목이 메어 눈물이 앞을 가렸다. 모두가 자기 식구들조차 살리기 힘들어 발버둥 치는 와중에 누가 누구를 동정할 형편은 아니었다. 하지만 나는 이내 집으로 들어가 벼 이삭을 벗겨 만든 쌀을 1kg 정도 내어 주었다. 우리도 얼마 없어서 많이 주진 못하지만 이것으로라도 미음을 끓여서 아이를 먹이라고 했다.

그녀는 눈물을 흘리며 고맙다는 말과 함께 연신 고개를 숙이다가 돌아갔다. 떠나는 그녀의 모습을 멍하니 바라보면서도 왜인지 한참을 움직일 수가 없었다. 도대체 세상이 어떻게 돌아가고 있는 걸까? 이런 세월이 언제쯤 끝나는 걸까?

고난의 행군에서 승리하면 잘사는 날이 올 테니 허리띠를 졸라매고 노력하라는 당의 호소에 의문이 생겼다. 이젠 공장의 기계들도 기름이 없어 돌리지 못하는 판국이었고, 사람들은 기계를 뜯어 몰래 도둑질해 팔아먹었다. 중국에 동을 팔기 위해 전기선까지 끊어 버려 온 강산이 허허벌판이었다. 이런 상황에 언제쯤이면 고난의 행군이 승리하는 걸까. 또 승리한다고 해도 이것을 전부 복구하려면 얼마나 많은 시간이 걸리는 걸까.

이렇게 하루살이처럼 살아갈 수는 없다는 것을 절감했다. 장기적으로 고난의 행군을 대비해야 한다는 것을 깨달은 것이다. 그렇다면 내가 가야 하는 곳은 오직 중국뿐이다. 중국에 가서 무슨 고생을 하더라도 장사 밑천을 벌어 와야 했다. 그래야 온 가족이 살 수 있었다.

마음을 굳힌 나는 어머니를 찾아 산소에 갔다. 어머니 산소 곁에 앉아 속마음을 터놓으며 실컷 울었다.

"어머니, 저 지금 죽음의 길을 택하려고 해요. 죽으면 끝장일 테지만, 죽지 않고 살아 돌아온다면 아버지와 동생을 살릴 수 있지 않을까요? 아버지나 동생에겐 장사를 하러 간다고 속이고, 한 달을 약속한 다음 떠날 거예요. 아버지도 동생도, 또 어머니와도 다시 만날 수 있는 날이 오게 될까요? 어머니, 저와 약속한 거 기억해요? 하늘나라에서 내 곁을 지켜 주겠다고… 그 말, 부디 지켜 주세요. 제가 택한 이 길이 마지막 길이 되지 않도록 지켜 주세요. 어머니가 제 곁에 있다고 믿기에 무서움도 공포도 이겨 내고 이 길을 택했어요. 어머니, 기다려 주세요. 제가 돌아오는 그 날까지… 그리고 절 지켜 주세요. 꼭 돌아와 온 가족이 행복해질 수 있도록…"

그날 나는 어머니의 무덤에 엎드려 지치도록 울었다. 기약 없는 길을 떠난다는 결정을 내리기가 쉽지 않았지만, 내가 가고 싶어서 택한 길도 아니었다. 그저 운명이 나를 그 길에 세운 것이다. 죽지 않고 살아야 했기에, 가족들을 책임져야 했기에, 다음 한 끼를 두려워했기에 한 달을 약속하고 기약 없는 길에 서야만 했다.

어머니의 백일 제사를 드리던 날 밤, 아버지와 동생에게 말을 꺼냈다.

"아버지, 이렇게 하루하루 살아서는 안 될 것 같아요. 고난의 행군이 조만간 끝날 것 같지 않아요. 어떻게든 장사 밑천을 만들어서 다시 시작해야겠어요. 아버지는 동생과 함께 집에 장만해 둔 쌀로 떡을 만들어 팔고 계세요. 그걸로 생활을 유지하고 계시면 나는 그동안 신의주에 가서 장사 밑천을 장만해 올게요. 신의주에는 이전에 거래했던 분들도 있으니 조금 도움을 받을 수 있을 거고, 정 안 되면 하다못해 얼음 장사를 해서라도 밑천을 장만해야겠어요. 그래도 신의주는 단속이 그리 심하지 않으니 여기보다는 나을 거예요. 그러니 부디 한 달만 기다려 주세요. 한 달이면 돌아올게요."

아버지는 꼭 한 달씩이나 있어야 하느냐고 한숨을 푹 쉬었지만 어쩔 수 없는 일이었다.

동생에게도 아버지를 맡길 테니 딱 한 달만 언니를 기다려 달라고 했다. 그동안 장사를 하기 위해 나가는 일이 많았기에 동생도 그저 그런 길인 줄 알았을 테다. 다만 이번엔 집을 떠나 있는 기간이 유독 길다는 점 때문에 다들 불안해했다. 더구나 동생은 어머니를 잃은 후 나를 어머니처럼 믿고 있었던 탓인지 그 불안감이 더더욱 컸다.

인생은 갈림길로 이어져 있다고 한다. 그 갈림길에서 올바른 길을 택해야 행복이라는 목표를 향하여 갈 수 있다. 북한에서의 인생은 갈림길을 자신의 뜻대로 선택할 수 없다. 노력한다고 해서 되는 길도 아니다. 나 역시 꿈이나 희망이나 행복을 위해서가 아니라, 오직 살아야 했기에 그 길을 택했다.

　딸아, 엄마는 그렇게 어린 나이에 부모 형제와 이별하게 되었다. 그 후부터 지금까지도 너의 외할아버지, 이모의 생사 여부도 모르고 있다. 엄마의 찢어지는 아픔을 너만은 알아주었으면 한다. 엄마가 이번 생에 가족들을 찾지 못한다면 너라도 그들을 찾아 주지 않겠니? 엄마의 이 소원을 잊지 말아다오.

2월의 압록강은 쌀쌀했다

내 딸, 너는 용기란 무엇이라고 생각하니? 용기는 '두려워하지 않는' 게 아니다. '두려워함에도 불구하고' 행동하는 것이다. 아무리 무섭고 두려워도, 그 모든 공포심을 무릅쓰고 해내는 것이 바로 용기다.

엄마는 지금도 탈북을 하겠다는 용기가 어디서 나왔는지 모르겠다. 하지만 그 용기를 가진 후에는 아무리 힘들고 두려운 상황을 마주해도 '그때보다 더하겠어?' 하고 생각하며 마음을 다잡을 수 있게 되었다.

친구와 함께 탈북을 결심한 후, 우리는 준비를 마치고 신의주를 향해 떠났다. 기차는 엄두도 못 낼 상황이라 화물 자동차를 타고 신의주까지 가야만 했다.

도로에서 차를 기다리고 있는데 장에 나가던 동생이 우리를 발견하고 다가왔다. 안쓰러운 동생, 사랑하는 동생에게 떡이라도 하나 사서 먹이고 싶었지만 차비도 넉넉히 장만하지 못한 상태였기에 떡 대신 십 원짜리 찐 고구마를 사서 손에 쥐여 주었다.

동생은 고구마를 들고 좋아하며 "언니야, 늦어도 한 달이면 꼭 돌아와야 해. 장사할 돈이 안 돼도 한 달이면 돌아와야 해!" 하고 말했다. 그 모습이 아직도 눈앞에 생생하다.

딸아, 이 엄마는 지금도 그때를 생각하면 가슴이 미어진다. 조금 더 고생해서라도 동생에게 떡 하나 쥐여 주고 왔더라면… 그 후회가 나를 사정없이 괴롭힌다. 겨우 십 원짜리 고구마, 그게 동생에게 먹여 준 마지막 밥이 될 줄은 상상조차 하지 못했다.

누군가 내게 꿈, 소원이 무엇이냐고 물어본다면 '아버지와 동생에게 내 손으로 따뜻한 밥상 한번 내어 주는 것'이라고 하고 싶다. 그저 밥 한 끼 해 드리는 것이 소원이다. 이제는 북한 땅을 떠나온 날도 까마득해졌다. 다시 가족을 껴안을 날을 기다린 것도 그만큼 오랜 세월이 되어 버렸다.

우리는 화물 자동차를 얻어 타고 새벽녘이 되어서야 신의주에 도착할 수 있었다. 신의주에는 내게 중국에 관한 이야기를 해 주었던 친구가 있었다. 그를 무작정 찾아가 중국에 다녀올 테니 길을 안내해 달라고 하자 친구는 제자리에서 펄쩍 뛰었다.

"너 미쳤어? 갔다가 못 돌아오면 어떻게 하려고 그러니?"

"아무렴 지금보다 더할까. 한 달만 벌어서 돌아올 테니 길이나 알려 줘."

아무리 설득해도 흔들림 없는 나를 보던 그는 결국 후회하지 말라는 말과 함께 길을 안내해 주었다.

친구를 따라 가니 압록강이 나타났다. 우리는 강변을 따라 하루 종일 걸었다. 끝도 없는 길을 걷다가 밤이 되면 아무 집이나 문을 두드려 돈을 주고 그곳에서 밤을 샜다. 도저히 잠을 이룰 수가 없었다. 몸은 힘들었지만 정신은 말짱했다. 이제 내일이면 강을 건너야 한다는 생각 때문에 무서움과 공포에 휩싸여 도저히 잠을 이룰 수가 없었다. 그렇게 밤을 보낸 후에는 다시 일어나 걷기 시작했다.

오후 5시가 넘어 압록강 강변에 도착하자, 그는 발걸음을 멈춘 다음 산기슭에 쭈그리고 앉았다. 다시 한번 생각해 보라고, 이제라도 늦지 않았으니 다시 돌아서서 가자는 말도 했다. 아무리 힘들어도 굶어 죽기야 하겠느냐며, 다 그렇게 사는데 하루하루를 지내다 보면 고난의 행군도 끝나지 않겠냐는 이야기였다.

나는 그의 만류에도 흔들리지 않았다.

"오빠, 고난의 행군이 머지않아 끝날 거라곤 생각하지 마세요. 멀리 보고 장기적으로 준비해야 해요. 나는 지금 강을 건너는 게 아니라, 건너가서 어떻게 돈을 버느냐가 더 문제예요. 돈 벌 일이 무서워요."

그러자 그가 답했다. 이렇게 강을 건너가는 사람들이 많기 때문에, 일단 강을 건너가면 중국 사람들이 알아서 해 줄 거라고.

날이 조금씩 어두워지자 그는 우리를 강변으로 데리고 갔다. 몰래 밑을 내려다보니 벼랑 같았다. 거기에다 주먹만 한 자갈을 깔아 둬서, 발을 잘못 딛기만 하면 자갈이 굴러 내려가 소리가 났다.

　그는 여기서 위쪽으로 40m, 아래쪽으로 30m 정도에 보초 서는 땅굴이 있으니 조심해서 소리 나지 않게 하고, 내려가는 데 성공하면 갈대숲에 가만히 앉아서 어둠이 진해지기를 기다렸다가 건너가야 한다고 했다. 그리고 강 얼음을 건널 때 처음엔 걸어가면 안 되니, 기어서 가다가 강변에서 보이지 않을 정도가 되면 일어서야 한다고 신신당부했다.

　한 발자국 한 발자국 소리라도 날까 무서워 기어서 강기슭까지 내려갔을 때쯤, 우릴 데려다 준 그도 돌아서서 가 버렸다. 이제는 친구와 내가 모든 것을 결정해야 했다.

　우리는 너무 무섭고 떨려서 갈대숲에 쪼그리고 앉아 날이 어두워지기만을 기다렸다. 2월의 압록강은 쌀쌀했다. 추위와 두려움 때문에 서로의 손목을 꼭 붙잡고 가만히 몸을 웅크렸다. 무슨 말이라도 꺼냈다가 들킬까 봐 입도 벙긋하지 못하고 두 시간 정도를 기다렸다. 그저 무섭고 두려워 있는지 없는지도 모르는 신을 찾았다. 살려 달라고 속으로 부르짖었다.

　주위에 조금씩 어둠이 끼기 시작할 무렵이었다. 하나님이 우리를 도우셨는지 강 위쪽에서부터 짙은 안개가 밀려 내려오기 시작했다. 너무 짙어서 한 치 앞도 보이지 않을 정도였다. 이 기회를 놓칠 순 없었다. 마음이 급해져 친구에게 빨리 출발하자고 했지만, 그는 "내가 먼저 갈게, 넌 내가 간 다음 따라와."라고 했다. 함께 가도 안개가 짙어서 보이지 않을 거라는 말을 했으나 그는 여전히 안 된다고 하며 엎드려 전진하기 시작했다. 친구가 떠난 지 세 발자국도 못되어 모습이 보이지 않았다.

앉은걸음으로 얼른 그를 따라가 "그냥 일어나서 걷자."고 했다. 여전히 겁을 집어먹은 상태인 그는 죽고 싶지 않으면 빨리 엎드리라고 했지만, 나는 정말로 안 보이니 걱정 말라며 일어서서 몇 발자국을 걸어 나갔다. 그는 내가 안개에 휩싸여 보이지 않자 벌떡 일어나 내게로 뛰어왔다. 우리는 존재 여부도 모르는 신에게 감사하며 서로의 손목을 잡고 한 걸음 한 걸음 중국 땅을 향해 걸었다.

고기잡이를 하느라 뚫어 놓은 수많은 얼음 구멍을 피해, 어디선가 감시하고 있을 눈을 피해 아슬아슬하게 걸었다. 그렇게 우리는 무사히 중국 땅에 들어설 수 있었다.

엄마는 이렇게 압록강을 건너 탈북을 시도했고, 운 좋게 별다른 문제없이 성공했다. 그러나 한 달이면 돌아갈 수 있으리라 생각했던 그 길이 평생에 걸치는 후회와 그리움의 길이 될 거라곤 상상도 하지 못했다.

그때는 그저 죽지 않고 무사히 중국 땅에 들어섰으니 절반은 성공한 것이라고 생각했다. 이제 아무리 고달픈 일이라도 찾아서 돈만 벌면 한 달쯤 뒤엔 집으로 돌아갈 수 있을 것이라고 굳게 믿었다.

우리는 서로 손을 맞잡고 성공했다고 서로를 위안했다.

이국에 디딘 첫발

한국에서도 중국에서도 설은 온 가족이 모여서 기쁨과 행복을 즐기는 가장 큰 명절로 여긴다. 그러나 나를 포함한 거의 대부분의 새터민들은 추석이나 설을 가장 힘들게 보내고 있을 것이다. 특히 내게 있어서 설은 눈물로 보내는 날이 된 지 오래다.

이날이 바로 가족을 뒤에 두고 압록강을 건너 중국에 발을 디딘 날이기 때문이다.

1998년 2월, 무사히 중국에 들어선 우리는 서로 끌어안고 성공의 기쁨에 방방 뛰었다. 그러나 그 기쁨이 채 가라앉기도 전, 이제 무엇을 해야 하는지 생각하니 막막함이 덮쳐 왔다. 우리가 들어선 중국 땅은 압록강 한가운데에 있는 섬마을이었는데, 무사히 마을에 들어선 우리는 그 자리에 돌처럼 굳어지고 말았다.

새터민들은 거의 브로커를 통해 탈북하기 때문에 브로커를 따라가기만 하면 됐고, 그런 경우가 아니라면 보통은 들어선 곳이 연길 쪽이어서 거의 조선족을 상대한다. 조선족은 말이라도 통하니, 연길로 들어선 새터민들은 아마 그때의 우리보다는 나은 상황이지 않을까 싶다.

길거리에 선 우리는 공안에 잡힐까 봐 두려움에 떨면서도 어디로 가야 할지 몰라 아득하기만 했다. 들려오는 말소리는 하나도 알아들을 수가 없었고, 갈 곳도 없었다. 친구가 이제는 어떻게 해야 하느냐며 울먹이기 시작했다. 잡히지 않고, 총에 맞지 않고 강만 건넌다면 전부 성공일 거라 생각했던 우리에게 제일 큰 어려움이 시작된 것이었다. 나도 친구를 따라 그저 울고 싶었다. 그러나 입술을 깨물고 스스로에게 일렀다.

"호랑이 굴에 들어가도 정신은 잃지 말라고 했다. 정신을 가다듬자!"

사실은 그제야 내가 얼마나 순진했는지 깨달을 수 있었다. 준비가 너무 부족했던 것이다. 중국에 갈 생각이었으면 간단한 회화라도 배웠어야 했는데… 마음 같아서는 왔던 그 길로 다시 돌아가고만 싶었다.

그러나 돈을 벌어 돌아오길 손꼽아 기다리고 있을 아버지와 동생 생각 때문에, 그리고 죽음을 각오하고 떠나온 길을 중간에서 포기할 수는 없었기 때문에 마음을 굳게 먹었다. 이제 와 후회해 봤자 무슨 소용일까. 어쨌든 떠나온 길이니 무슨 수를 쓰든 돈을 벌어 고향에 돌아가야 했다.

사실은 중국에서 19년간 인간 대접도 못 받고 고생하며 살던 시기에, 그때 그냥 돌아섰더라면 이렇게는 살지 않았을 텐데 하며 후회하곤 했다. 하지만 소나기를 보지 않고 무지개를 볼 수는 없으며, 겨울을 이겨 내지 못하고 봄을 맞이할 수는 없다.

그때 주저앉지도, 돌아서지도 않고 용감하게 고난을 이겨 냈기에 오늘의 자유와 꿈, 희망을 노래할 수 있는 것이다. 오늘의 나는 그때의 결정을 결코 후회하지 않는다. 절망은 결론이 아니며, 우리의 마지막 언어가 아니다.

긴장과 두려움에 후들거리는 다리를 끌고 한 걸음 한 걸음 마을을 걸었다. 그렇게 정처 없이 걷다가 모여 있는 중국 청년 한 무리를 만나게 되었다. 그들은 우리를 둘러싼 채 한참을 웃고 떠들었다. 무슨 소리를 하는 건지는 알아들을 수 없었지만, "쵸셴! 쵸셴!" 하는 것을 들으니 아마도 우리가 조선에서 온 것을 알아본 것 같았다.

그들은 우리를 데리고 한 집으로 들어가더니 북한 TV를 보여 주었다. 고개를 끄덕이자 저희들끼리 무언가 수군댔다. 당최 일이 어떻게 돌아가는 건지 알 수가 없었다.

우리는 그들 중 한 명의 집에서 3일을 묵었다. 묵는 내내 열심히 손짓 발짓을 해 가며 일할 수 있는 곳을 마련해 달라고 사정도 했다. 그들은 공안에게 잡히면 일은커녕 죽기나 할 거라고 목이 잘리는 흉내를 내었다. 그리곤 우리의 옷과 신분증을 비롯해 모든 소지품을 불태워 버렸다.

3일 후, 그 집의 주인과 외삼촌이라는 사람들이 우리를 데리고 떠났다. 마을을 떠날 때 그들은 맞은편 북한의 산들을 가리키며 알 수 없는 말을 했다. 뭐라고 한 건지는 잘 모르겠지만, 아마도 고향과 작별 인사를 하라고 하는 것 같았다.

우리는 눈물을 머금고 그 산들을 향해 기다려 달라고, 꼭 돌아오겠다고 되뇌며 그들을 따라 떠났다. 자전거로 버스 정류장까지, 버스로 단동까지, 단동에서 기차를 타고 하얼빈까지, 하얼빈에서 다시 버스로 갈아타고 갈아타며 그 산골까지… 이미 오랜 시간이 흘렀지만 아직도 그 길을 선명하게 기억하고 있다. 돈을 벌어 집으로 돌아가려면 왔던 길을 가야 한다는 생각에, 하나의 간판까지 모두 머릿속에 기억했다.

벙어리 역할을 하며 그들을 따라가는 내내 마음이 무거워져만 갔다. 일할 곳으로 데려다 주리라 반신반의하는 마음에도 어쩐지 갈수록 산골이 나오는 것 같았다. 식당에서 일해 돈을 벌려면 시내로 가야 할 텐데, 왜 산골로 가는 걸까. 겨울이어서 밭은 눈으로 뒤덮여 있었고, 그 밭으로 소떼가 줄지어 다녔다.

이때까지 자라면서 꿈에도 보지 못했던 장면이었다. 그곳은 마치 원시림 같았다. 가면 갈수록 무서워졌다. 일할 곳에 데려다 달라고 사정할 때마다 알았다고 머리를 끄덕이던 그들이 말을 제대로 알아들은 건지, 아니면 우리를 속이려 한 건지 알 수 없었다. 하지만 여기까지 오고 나니 속았다는 것이 확연해졌다. 앞길이 캄캄했다. 이젠 알아서 가라고 보내 준다 해도 어떻게 돌아가야 할지 막막한데, 하물며 우리를 그렇게 보내 주자고 이 먼 길을 데려왔을 리 없었다.

동서남북 사방이 산으로 둘러싸이고 산등성이 사이로 겨우 차 한 대 통할 길이 있었다. 그 길을 따라 들어가고 들어갈 때 이제 다 끝이라는 공포감이 나를 휘감았다. 내 운명은 여기서 끝이라는 공포와, 다시는 아버지도 동생도 볼 수 없을 것이라는 생각이 점점 나를 사로잡았다.

앞이 보이지 않고 머릿속이 하얘져도 울 수는 없었다. 이것이 운명이라고 해도 나는 일어서야 했다. 내가 돌아가지 못하면 아버지와 동생은? 모든 수단과 방법을 다해서라도 여기서 빠져나가야 한다는 생각뿐이었다. 하늘이 무너져도 솟아날 구멍이 있다고 굳게 믿을 수밖에. 나는 솟아나는 눈물을 다잡고 온힘을 다해 우리가 온 길을 기억했다.

그때 한 달이면 돌아갈 거라고, 늦어도 석 달이면 돌아갈 거라고 했던 그 길을 여전히 가지 못하고 있다. 매일 매시간 나는 그 길을 기억했다. 언젠가는 가야 할 길이었기 때문에. 3개월, 반년, 1년, 3년, 5년, 10년, 다시는 가지 못할 길임을 너무도 잘 알고 있지만 그 길을 나는 지금도 기억하고 있다.

내 고향, 내 아버지, 내 동생을 찾아 도망쳐야 할 그 길. 끝내 도망치지 못했어도 엄마는 매일 마음속에서, 기억 속에서 걷고 있다. 언젠가는 내 딸, 너의 손을 잡고 같이 걷고 싶은 길이다. 설령 내가 가지 못하더라도 너만은 걸어 주었으면 한다.

짐승처럼 팔려 가는 사람들

딸아, 너도 배웠는지 모르겠다. 엄마는 어렸을 때 역사를 배우며 인간을 짐승처럼 사고파는 노예 사회에 대해 들은 적이 있다. 그때는 그 사회에 태어나지 않은 것이 얼마나 다행인지 모르겠다는 생각을 했었다.

21세기에 사람을 사고판다는 것, 그것을 누가 믿을 수 있을까? 나로서는 상상도 못할 일이다. 그러나 중국에 들어간 탈북자들이 걷는 길은 대부분이 팔려 다니는 것뿐이었다. 중국 땅에 들어선 순간부터 말이다.

나이 많은 할아버지뻘 되는 사람들에게 팔려 가는 10대의 꽃 같은 처녀들, 지병이 있거나 불구여서 장가를 갈 수 없는 사람에게 팔려 가는 아이들, 또는 산골에서 가난에 찌들려 장가가기 힘든 사람들에게 팔려 가는 아이들… 더 비극적인 것은 이런 경우가 그래도 운이 좋은 경우에 해당한다는 것이다.

유흥업계로 빠지면 꼼짝없이 강제로 몸을 팔아야 한다. 그들의 아프고 멍든 마음을 상상해 보았니? 나는 생각만 해도 치가 떨린다. 거기에다가 공안국에 잡혀 북송될까 무서워 하루하루 숨을 졸이며 숨어 살아야 한다. 이것이 탈북 후 중국에서 살아가는 탈북 여성들의 운명이다.

어째서 이런 일을 당해야 하는 걸까? 엄마는 아직도 그 이유를 찾지 못했다.

나도 그런 탈북 여성 가운데 한 사람이었다. 두 사람이 일할 곳에 데려다줄 것이라 믿고 쪼르르 갔던 곳이 바로 우리가 팔려 가는 곳이었다. 우리를 자신의 친척 집에 팔아 버린 것이다. 그래도 유흥업계에 팔리지 않은 것만으로 운이 좋았다고 만족해야 할 터이니, 비참하지 않을 수가 없다.

친구와 나의 남편이 된 사람들은 각자 나이도 많지 않은 총각들이었는데, 모두 가난에 찌들고 찌든 집에 살았다. 사과 한 알만 사 먹겠다는 부탁에 본때를 보여 줘야 한다며 온 친척까지 달려들어 폭력을 휘두를 정도였으니… 그래서 이 엄마는 지금도 사과를 좋아하지 않는다. 사과 한 알 때문에 얻어맞아야 했던 그날의 기억 때문에, 아직까지도 사과를 보면 금세 우울해지곤 한다.

언어는 통하지 않고, 음식도 입에 맞지 않고, 믿을 데가 없어서 우습게 보이고, 이래도 얻어맞고 저래도 얻어맞고, 밤마다 끔찍하게 강간을 당하고… 앞을 봐도 산, 뒤를 봐도 산, 옆을 보아도 산인 곳에서 나는 울며 부모님을 불렀다. 그곳에서는 아무리 아버지 어머니를 불러도 대답이 돌아오지 않았다.

온 동네가 눈을 모아 우리를 지켜보고 있었다. 마을에서 나가는 길은 산과 산 사이에 나 있는 길 하나뿐이었는데, 40분 정도의 거리를 걸어가야 하루에 한 대씩 군으로 오가는 버스를 볼 수 있었다. 그러나 그 길 쪽으로는 나갈 엄두도 내지 못했다. 온 동네가 지켜보고 있는 판국에 도망을 시도하다가는 곧장 잡혀 죽도록 얻어맞아야 했으니.

이 엄마가 아는 한 새터민은 지금도 잃어버린 딸을 찾기 위해 중국에 드나들며 노력하고 있다. 헤어질 때 매해 생일날 중국 북경역에서 만나자고 약속했다고 한다. 그러나 10여 년을 북경역에 찾아가도 만나지 못했고, 한국에 오면 찾을 수 있을까 했지만 아직도 딸을 찾지 못했다. 그 탓에 눈물로 세월을 보내고 있다. 그의 이야기를 들으며 나는 중국에서 살았던 당시의 나를 떠올렸다.

온 동네가 지키고 있는 그 산골 마을, 감옥 같은 곳에서 어떻게 북경역까지 엄마를 만나러 갈 수 있을까? 딸을 만나지 못하고 돌아가는 발걸음이 천금 같았다는 이야기를 들으며, 똑같이 딸을 둔 엄마로서 내 가슴도 미어지는 듯했다.

딸아, 엄마는 봄이 된 후부터 그들과 함께 농사를 짓기 시작했다. 농사일을 해 보지 않은 나의 손은 물집이 지고 터져서 피가 흐르기 일쑤였다. 중국어를 모르니 의사소통이 되지 않아 말 한 마디에 죽도록 맞아야 하는 일도 적지 않았다.

너는 만나 보지 못한 고향에 두고 온 우리 아버지, 나의 동생은 매 끼니를 무엇으로 때우고 있는지도 모르는데 배불리 먹는다는 것 자체도 죄스러웠다. 게다가 매일 먹어야 했던 중국 음식은 내게 지옥과 같았다. 너무 가난해서 쌀을 살 돈이 없으니, 그나마 강냉이 농사를 지은 것만을 삶아 먹었기 때문이다.

평양, 평북도 앞 지대에서 김치에 쌀밥을 먹고 살아왔던 어린 엄마에게는 강냉이 죽과 좁쌀밥을 먹는 게 너무나 힘들었다. 강냉이를 쌀로 만들어 밥이라도 해 먹고 싶었으나, 언어가 통하지 않으니 아무리 말해도 들어 주는 사람도 없었다. 그 답답함을 네가 이해해 줄지 모르겠다.

그러던 어느 날, 나는 모내기를 해 주면 돈을 벌 수 있다는 것을 알게 되었다. 여기서도 벼농사를 지을 수 있었던 것이다.

우선 돈을 벌어야 했다. 돈을 벌어야 도망도 갈 수 있고, 쌀을 사서 밥을 먹을 수도 있었다. 그러나 아무리 돈을 벌어 봤자 내 손에 들어오는 것은 한 푼도 없었다. 짬만 나면 도망가려는 사람에게 그들이 돈을 쥐여 줄 리가 없었다. 그러나 북한에서 딱 하나만큼은 잘 가르쳐 준 것이 있었다. 바로 자력갱생, 주체사상이다.

나는 그날로, 먹고 살아가려면 직접 일어나 노력을 해야겠다고 생각했다.

모내기를 하면서 '여기도 벼를 심을 수 있겠구나.' 하고 생각하자 쌀밥이 눈에 보이는 듯했다. 그래서 엄마가 어떻게 했느냐 하면, 강냉이와 콩을 다 심고 온 가족이 쉬는 날 삽을 들고 개울 가로 나갔다.

동네 앞으로는 산에서부터 흐르는 크지 않은 개울이 있었다. 나는 그 개울가를 샅샅이 뒤지고 다녔다. 혹시 논을 만들 수 있을 곳이 없을까 해서… 그때 조그마한 30, 40평 땅이라도 좋으니 논을 만들고 벼를 심을 수 있는 장소만 달라고 하늘에 빌었던 게 떠오른다.

한 시간이 넘게 개울가를 뒤지고 다니다가 운 좋게 괜찮은 자리를 발견했다. 나는 곧장 삽을 들고 열심히 땅을 뒤엎기 시작했다. 지금 생각해 보면 그날의 엄마는 조금 어리석기도 했다. 농사라고는 코빼기만큼도 모르는 주제에 벼농사를 짓겠다고 나섰으니. 그러나 한편으로는 너무도 대견하다. 살아가기 위해서는 누구도 믿어선 안 된다는 것을 뼈저리게 느끼고, 오직 쌀밥을 먹고 싶다는 염원으로 논까지 만들기 시작했으니 대견하지 않고 배기겠니.

그랬던 어린 엄마에게 지나가는 사람들이 물었다.

"어이, 너는 거기서 뭘 하는 거야?"

나는 그들에게 쌀을 심으려고 한다고 대답했다. 그들은 나를 가리키며 정신이 나갔다는 말과 함께 고개를 흔들고 혀를 끌끌 차더니 지나갔다. 어떤 사람은 우리 집에 가서 시아버지, 곧 너의 할아버지에게 "네 며느리 미쳤다."라고 일러 주기도 했다.

배우지 못하고 무식한 데다가 고집까지 센 그들은 곧장 땅을 뒤엎고 있는 나를 찾아왔다. 그리곤 다짜고짜 안 된다는 말을 하며 집에 가자고 잡아끌기 시작했다. 온 동네 사람들이 영화를 보듯이 둘러서서 구경하는 한가운데에서, 나는 "내가 논을 만들고 벼를 심어서 쌀밥 좀 먹겠다는데 왜 그러세요!" 하며 발버둥을 쳤다.

온 동네 사람들이 나를 웃음거리로 보고 있을 때, 한 사람이 시아버지를 말렸다. 그는 그 동네에서 유일하게 중학교까지 나온 사람이었다. 그나마 동네에서 돈도 있고 권위도 있는 사람이라는 뜻이다.

그는 한참동안 가만히 나를 보며 골똘히 생각에 잠겨 있는 듯했다. 그리곤 문득 시아버지에게 안 된다고만 하지 말고 잘 생각해 보라고, 어쩌면 정말 될 수도 있다고 하면서 설명을 늘어놓았다. 그는 나를 가리켜 '농사를 지을 줄은 몰라도 배운 사람'이라고 했다. 그리고는 "영감, 영감 복 잡았네." 하며 이 엄마를 도와주고 갔다.

시아버지는 그제야 나를 도울 마음이 생긴 것 같았다. 그의 도움으로 나는 겨우 70, 80평 되는 논을 만들었다. 그 논에서 농사를 지은 벼로 쌀을 만들었고, 온 가족이 다음 해부터는 쌀밥을 먹을 수 있었다. 심지어는 그게 남아서 팔아 돈을 벌 수도 있었으니 얼마나 다행인지 모른다.

이렇게 본의 아니게 팔려간 후로는 희망도 꿈도 없이 오직 도망치는 것만을 목표로 삼았다. 그게 이 어린 엄마의 전부였다. 하지만 살아가야 했기에 중국 땅에서 적응하기 시작했고, 열심히 중국어를 배웠다. 살아가기 위해서는 중국어를 배워야 했고, 도망가기 위해서도 중국어를 배워야 했으며, 집으로 돌아가기 위한 지름길도 중국어를 배우는 것뿐이었다.

그날의 간절함을 어린 네가 얼마나 알아줄지 모르겠다.

눈물로 부른 고향의 봄

딸, 그런 말을 들어 본 적이 있을지 모르겠다. '어떤 일이든 믿음이 있으면 해낼 수 있다.' 엄마는 그 말을 들었을 때, 중국 동북의 산골에서 죽지 못해 살아가던 나날들이 떠올랐다. 삶에는 희망이 있어야 한다는 걸 깨닫고 운명에 도전하던 그때가.

산골에서 몇 차례 도망에 실패하고 한두 달이 지나 이제는 집으로 돌아갈 수 없다는 것을 깨달았을 때, 나는 사회를 원망하고, 부모도 탓해 보았고, 나를 판 사람들을 저주도 해 보았다. 그리고 저 나름대로는 나를 사랑해 주겠다는 남편, 너의 아빠도 원망해 보았다.

아무런 희망도 없다고 생각했을 때는 타락으로 빠지기도 했었다. 죽음도 무섭지 않은 내게 두려울 것이 뭐가 있겠니? 그나마 무서운 것은 나 하나 때문에 내 가족과 친척들이 당할지도 모르는 봉변뿐이었다.

딸아, 너는 아마 상상도 못할 것이다. 어렸을 때부터 토대 때문에 고생도 해 봤고 절망에도 빠져 봤기에 나 하나 때문에 일가친척이 모두 망할지도 모른다는 두려움은 현실 그 자체였다. 그 마음을 너는 모를 것이다. 어렸을 때 옆집에 살았던 한 씨는 하룻밤 사이에 가족을 잃었다. 어디론지도 모르게 일가족을 다 데려가고 남았던 한 씨의 울음소리가 매일매일 나를 괴롭혔다.

그래서 그랬던 것이다. 나라는 인간이 이 세상에서 없어져야 행방불명 처리라도 될 것이라는 생각에 빠진 것이. 그렇게 해야만 가족 친척들이 살아날 수 있을 것 같았다.

그때부터 이 엄마는 술과 담배로 세월을 보내게 되었다. 두고 온 집과 아빠, 동생이 그리울 땐 술로 나를 마취시키곤 술기운에 가슴 터지는 통곡으로 스트레스를 풀었다. 그중에서도 비가 오는 날은 정말 마음 아픈 날이었다. 비가 오면 창가에 앉아 하염없는 눈물로 고향을 그리던 게 아직도 생생하다.

밤이면 동북 겨울의 기나긴 시간 동안 담배를 태우며 연기 속에서 보내곤 했다. 믿을지는 모르겠지만 엄마는 원래 술, 담배는 나쁜 것이라고 배웠고, 또 실제로도 그것들과 거리를 두고 살아온 사람이었다.

그러나 아픔과 스트레스는 나를 타락의 구렁텅이로 밀어 버렸다. 술이 없으면 시간을 보낼 수 없었고, 담배가 없으면 밤을 보낼 수 없는 지경에 빠지게 되었다.

딸아, 너도 내가 곧잘 부르던 '고향의 봄'이라는 노래를 알지도 모르겠다. 이 노래는 아마도 중국에 사는 탈북자들이 찢기는 가슴으로, 너덜너덜해진 영혼으로 부르는 노래일 것이다. 물론 나도 그중 한 명이다. 얼마나 많이 불렀는지, 한국말이라곤 한 글자도 모르는 내 남편까지 이 노래만큼은 부를 줄 알 정도였다.

짬만 나면 술을 마시고 창가에 앉아 '고향의 봄'을 부르며 눈물로 볼을 적시곤 했다. 그럴 때마다 평양, 내 고향의 모든 곳들이 눈앞을 스쳐 지나가는 듯하여 그럴 수밖에 없었다. 길가의 나무 한 그루, 바람에 살랑거리던 풀 한 포기까지도… 이사를 가게 되어 딱히 정을 붙이지 않은 곳도 한 폭의 풍경화가 되어 그리움에 애간장을 태우곤 했다. 기쁘고 행복했던 시절뿐만 아니라 절망에 허덕이던 그 시절까지도 모두 추억이 되어 나를 괴롭혔다.

그때의 이 엄마는 정말이지 살고 싶지 않았다. 죽고만 싶었다. 모든 것이 낯설고 귀찮았으며, 한 모금의 물조차도 내 고향의 것이 아니기에 맛이 없었다. 이렇게 살아 있는 것조차도 죄인처럼 느껴졌다. 하루 세끼 먹는 것도, 중국 음식이 입에 맞지 않아 먹지 못하는 것도 죄스러웠다. 산에 뒤덮인 산나물을 보아도 죄스러웠고 곳간에 가득 찬 강냉이, 감자를 보아도 죄스러웠다. 새 옷을 사도 동생 생각에 죄스러웠고, 돼지고기에 술을 마실 땐 아버지 생각에 가슴이 미어지다 못해 피가 흐르는 듯했다.

너에게 이런 이야기를 들려주는 것조차도 한편으로는 죄스럽다. 그때의 나는 넋이 나간 삶, 영혼이 죽은 삶을 살고 있었다.

그러던 어느 날, 나는 갑자기 정신을 차리게 되었다. 나의 모습을 직시한 것이다. 이렇게 살라고 키워 준 부모님이 아닐 것이라고, 이렇게 살라고 엄마처럼 믿고 따랐던 동생이 아닐 것이라고. 그때의 나는 사람의 몰골이 아니라 귀신의 몰골을 하고 있었다.

이 엄마는 그렇게 깨어났다. 하루를 살고 내일 죽더라도 사람처럼 살고 싶다는 마음이었다. 언젠가 아버지를 만나면 이 딸이 어디에서든지 부끄럽지 않게 살려고 노력했다고 말할 수 있게 살고 싶었기 때문이다. 끝내 그날이 오지 않아 저세상에서 아버지, 어머니를 만난다 해도 이 딸이 사람답게 살기 위해 노력했다고 말하고 싶었다.

그렇게 하루아침에 술, 담배를 모두 끊었다. 중국 시집 식구들은 "네가 술, 담배를 끊는다고? 차라리 밥을 끊어라." 하며 믿지 않았다. 그런 그들에게 나는 말했다.

"두고 봐요. 죽는 것도 대수롭지 않게 여기는 내가 이까짓 술, 담배 끊는 게 무슨 큰일이라고… 오늘 이 순간부터 안 마시고 안 피울 거예요."

그 말을 한 직후부터 술, 담배 대신 매일 TV, 라디오를 통해 중국어를 배우려 노력하기 시작했다. 농사일도 해야 했고, 가족들이 입을 스웨터를 뜨는 법이나 그들이 신을 신발을 만드는 법도 배웠다. 무엇이든 일단 배워 두면 누구도 뺏어갈 수 없는 나만의 재산이 된다. 그 사실 하나만을 되새기며 하나하나 꼼꼼히 배우려고 노력했다.

딸아, 운명은 우연의 문제가 아니라 선택의 문제다. 기다리면 오는 것이 아니라 우리가 이루어 가는 것이다. 천 번 쓰러지고 만 번 주저앉아도, 운명에 도전하고 꿈을 키워 가면 희망은 찾아올 것이다. 긴긴 겨울 꽃망울을 품고 언젠가 찾아올 봄을 기다리는 진달래처럼, 추운 겨울에도 푸른 잎을 잃지 않고 꿋꿋이 이겨 내며 봄을 맞이하는 소나무처럼…

엄마도 그렇게 살고 싶었다. 언젠가는 돌아가게 될 고향을 그리며 진달래처럼, 소나무처럼. 언젠가는 너를 데리고 고향 땅에 두고 온 아버지와 동생을 만나 모두 함께 끌어안을 그날을 기다리고 있다.

죽고자 했으나, 죽어지지도 않던

너에게는 생소한 이야기겠지만, 북한에서는 "죽음도 두렵지 않은 우리가 못 할 일이 무엇인가?"라는 구호를 모든 사람들에게 인식시킨다. 죽음도 겁내지 않는 우리가 당의 부름과 호소에 못 할 것이 무엇이겠냐는 것이다.

당에서 탄광이나 농촌에 지원하라는 방침이 떨어지면, 이제 막 중학교를 졸업하는 학생들이 자신의 꿈과 희망도 다 버리고 탄광과 농촌으로 진출해야 한다. 그래야 당의 부름에 모든 것을 다하는 '훌륭한 사람'인 것이다.

당에서 김일성을 따라, 항일 무장 투쟁을 한 투사들을 따라 '고난의 행군'으로 허리띠를 졸라매고 경제 봉쇄의 역경을 헤쳐 나가자고 호소하면 주민들도 그 호소를 따라 "김일성, 김정일 만세!"를 불러야 한다. 설령 굶어 죽어 가는 한이 있더라도 말이다. 그것이 당에 충성하는 것이라며.

그래서 북한에서는 '고난의 행군' 시기에 모든 사람들이 "전쟁이나 확 일어나서 너 죽고 나 죽자."고 수군거렸다. 죽음도 두렵지 않으며, 이렇게 살아가느니 차라리 죽든지 살든지 결판을 보자는 것이다. '미국의 경제 봉쇄로 우리가 역경을 겪는 것이다.'라는 교육을 받아 온 사람들은 그 미 제국주의와 죽든 살든 결판을 내고 싶어 한다.

　나 역시 마찬가지였다. 이러한 연유로 죽음도 겁내지 않던 내가 유일하게 두려워한 것이 있다면, 바로 죽는 것도 힘들다는 사실이었다.

　중국에 팔려 가 살았던 그 시간은 내게 있어서 너무나 큰 고통이고 시련이었다. 그때의 나는 눈물이 마를 날 없었고, 마음속엔 피가 흘렀다. 어린 날의 순진한 결정 한 번이 돌이킬 수 없는 인생을 만들고 말았다는 절망과 좌절에 빠져 하루하루 지옥 같은 날을 보냈던 것이다. 중국의 가족들은 행여 내가 도망이라도 칠까 화장실까지 따라다니곤 했다. 화장실조차 마음 놓고 갈 수 없는 감옥 같은 생활이 저주스러웠다. '이렇게 살려고 목숨 걸고 압록강을 건넜나.' 하는 생각에 눈물이 비 오듯 볼을 타고 흘렀다. 너무 울어서 눈알이 다 아플 지경이었다. 그럴 때마다 시집에서는 '그러다가 앞도 못 보는 장님이 된다.'는 말을 하곤 했다.

　생사도 모르는 딸을 기다리고 있을 가족들, 그들을 생각하면 가슴이 찢어져 피눈물이 흘렀다. 하지만 이 마음을 알아줄 사람이 단 한 사람도 없다는 게 가장 괴로웠다. 아프다 못해 찢어지는 마음, 나 때문에 봉변을 당할지도 모르는 가족 때문에 불안한 마음을 누구에게 말하지 못하고 나 자신만 원망했다.

딸아, 이 엄마는 하늘을 나는 새가 그렇게도 부러웠다. 새들에게는 산과 강도, 국경도 없을 것 아니니? 가고 싶은 모든 곳으로 훨훨 날아다닐 것 아니니? 불행히도 세상은 나의 인생을 밧줄로 꽁꽁 묶어 놓고 숨 쉴 틈도 주지 않았다.

절망은 희망을 가로막는 얄미운 존재다. 인간은 언제나 더 나은 삶을 추구하지만, 늘 절망이라는 장벽이 가로막고 있기에 희망을 볼 수 없다. 그동안 모든 힘을 다해 이루어 놓았던 것들이 한순간에 무너져 버리고 말았을 때, 우리는 절망의 늪으로 깊이 빠져들게 된다. 나도 이 절망의 장벽에 부딪쳐 머리가 터지고, 마음이 찢기고, 희망이라는 가느다란 햇살도 보이지 않아 죽음을 선택한 일이 한두 번이 아니다.

하루는 집안사람들이 동네일을 도우러 간 적이 있었다. 시어머니와 나는 점심 식사를 준비하기 위해 집에 남았는데, 나는 그 틈을 놓치지 않고 시어머니가 화장실에 갔을 때 부리나케 그 집을 도망쳐 나왔다.

산기슭으로 난 길을 따라서는 도망갈 수 없었다. 온 동네가 지켜보고 있다는 것을 너무도 잘 알고 있던 탓이다. 그렇게 도망치다 잡혀서 폭행을 당한 일이 한두 번이 아니었으니까. 그래서 나는 산으로 향했다.

도망치기 전에 동네 지리를 좀 연구해 두었는데, 그 산을 타고 넘으면 군으로 가는 길이 있었다. 하루에 두 번씩 다니는 버스가 산 너머 길에 멈추곤 했다. 그 버스만 타면 나를 알아볼 사람이 없을 것 같았다.

우리 동네에서 버스를 타면 온 동네 사람들뿐 아니라 버스 운전사까지도 나를 알고 있어 태워 주지 않을 게 뻔했다. 또 동네 사람들에게 들키면 그 자리에서 끌려와 폭행을 당해야 했다. 그래서 산으로 향한 거다.

하지만 중국 동북의 산은 북한의 산과 전혀 달랐다. 참나무로 꽉 들어차 끝이 보이지 않는 산속에서 나는 그만 길을 잃고 말았다. 걷고 또 걸어도 보이는 것은 줄줄이 늘어선 나무들뿐… 아무리 고개를 돌려도 보이는 건 종아리를 넘는 눈밖에 없었다.

이렇게 엄마는 산속을 걷고 또 걸으며 무려 3일을 헤맸다. 배고프고 목마르면 눈을 뭉쳐 먹고, 의지가 약해질 때마다 '나는 반드시 이 산을 벗어나야 한다. 그래야 집으로 갈 수 있다.'는 생각을 하며 다리에 힘을 주었다.

하지만 결국 온몸의 힘이 바닥나 눈 위에 쓰러지고 말았다. 그때 내 눈앞에는 어머니가 팔을 벌리며 나를 부르고 있었다. 딸아, 나는 안간힘을 다해 어린아이처럼 어머니를 부르며 손을 내밀었다. 나를 데리고 가 달라고, 제발 두고 가지 말라고. 그렇게 쓰러져 한참이나 눈 위에 엎어져 있으려니 이제 죽는 수밖에 없다는 생각이 들었다.

이런 말을 하면 너는 의아하게 생각할 것이다. 다가오는 죽음의 그림자에 내가 느낀 것이 행복이었다는 말. 죽음이 가져다주는 행복이 살아가는 행복보다 더 클 것만 같았다. 차라리 이대로 죽어 버리면, 이렇게 감시받으며 살지 않아도 될 테다. 그리곤 어머니를 찾아가 너른 품에 안기게 될 것이다. 지옥에는 국경이 없을 것 아니니? 이렇게 죽어 버리면 북한에서는 행방불명 처리가 될 테고, 그러면 내 가족, 친척들이 해를 당하지는 않을 것이다. 또 죽고 나면 아버지, 동생이 어떻게 살아가고 있을까 걱정되고 미안하고 보고 싶어 찢기는 마음도 없어질 것이다.

이러한 생각은 금세 이 엄마의 온몸과 정신을 사로잡았다.

'그래, 죽자. 죽는 것만이 가족들을 살릴 수 있는 길이다. 살아가야 할 희망도 무엇 하나 보이지 않는데 살아서 무엇을 할까? 살아 봤자 다 망가진 인생, 무슨 희망이 있겠나?'

도저히 살고 싶지 않았다. 비틀거리며 일어나 사방을 돌아보니 참나무 외엔 아무것도 눈에 보이지 않고 조용했다. 나는 입었던 외투의 허리띠를 풀어 참나무 가지에 묶고는 저 멀리 하늘을 바라봤다. "어머니, 꼭 와서 나를 데려가 줘야 해요." 이 한 마디를 남긴 후 목을 매었다. 그러나 내게는 죽음조차 쉬운 일이 아니었다.

하나님이 나를 죽지 말라고 하신 건지, 아니면 그냥 죽을 때가 아니었던 건지는 모르겠다. 그렇게 인기척도 없고 산토끼 한 마리조차 보이지 않았던 곳에 소 방목꾼이 나타난 거다. 소떼를 따라 나타난 그는 나를 발견하자마자 손에 들고 있던 낫을 집어던졌는데, 그 낫이 신기하게도 내 몸을 털끝 하나 건드리지 않고 목을 맨 끈만 싹둑 잘라 버렸다.

그 사람은 내가 쿵 하고 땅에 떨어지자 황급히 다가왔다. 그리곤 눈물범벅이 된 나를 안아 소 위에 걸쳐 놓았다. 나는 기침과 눈물로 힘겨워하면서도 절망에 눈을 감아 버리고 말았다.

남들에겐 그렇게 쉬운 죽음도 나에겐 쉽게 찾아와 주지 않았다. 소 방목꾼은 나를 시집까지 데려다 주곤 "죽으려고 하는 거 살려 왔으니, 때리지 말라."고 말하고는 다시 길을 떠나 버렸다. 말은 제대로 알아듣지 못했으나, 그 뜻은 어렴풋이 알아들을 수 있었다.

그 후에도 나는 끝없이 죽기 위한 시도를 했다. 마을에 하나밖에 없는 큰 우물에 뛰어들기도 했고, 약이란 약은 죄다 먹어도 보았고, 손목을 그어도 보았다. 그러나 어떤 수단과 방법을 써도 나는 죽어지지 않았다. 심지어는 자살 시도를 할 때마다 '돈 주고 사 왔는데 죽으려 한다.'는 이유로 시댁 식구들에게 폭행까지 당해야 했다.

집안사람들은 자꾸만 죽으려는 나를 말리다 못해 칼과 농약처럼 자살하는 데 쓸 수 있는 모든 것을 꽁꽁 숨겨 놓았다. 그전까지는 도망가는 것을 감시당했지만, 이제는 죽으려는 것도 감시당해야 했다.

딸아, 나는 그 아픔을 잘 버텨 준 내가 고맙다. 숨 막히는 고통과 절망 속에서도 항상 가슴속에 가족들을 품고 버텨 준 내가 고맙다. 나를 사랑하는 사람들은 내가 쓰러지는 것을 원치 않을 것이다. 비록 그들과 몸은 멀리 떨어져 있더라도 언젠가는 만날 수 있다는 희망을 가진 채 버텨 준 내가 고맙다. 절망의 바닥에 떨어진 순간에도 꿋꿋이 버텨 준 내가 고맙다.

우리는 매일 삶이라는 숙제를 해 나간다. 숙제에는 정답이 있을지 모르겠으나, 인생에는 정답이 없다. 그런 죽음의 순간, 절망 속에서 허덕이던 순간들을 이겨 낼 수 있었기에 더 힘든 시련을 만나도 끝내 일어설 수 있었다. 그런고로 너에게도 이야기해 주고 싶다. 설령 가시밭길이 앞을 가로막는다고 해도, 끝까지 웃으며 걸어가자고.

죽음도 두렵지 않은 내가, 죽음도 헤쳐 나온 내가 이제 무엇을 두려워하겠니?

공안국에 잡혀가다

중국으로 탈북한 여성들이 제일 무서워하는 것이 무엇일 것 같니? 바로 공안국에 잡혀 북송되는 것이다. 누군가의 고자질로 공안에 잡혀가면 이제는 모두 다 끝이라는 각오를 해야 한다.

한국으로 향하는 많은 탈북자들은 "왜 한국으로 가려고 하는가?"라는 대한민국 외교관의 물음에 모두 똑같은 대답을 한다. '신분증을 갖고 인간으로 떳떳하게 살고 싶다.'는 것이다.

그만큼 중국에서 공안의 눈을 피해 숨어 살아야 하는 탈북자들의 두려움과 공포는 매일매일 겪어야 하는 필연이기도 하다. 엄마도 탈북자의 한 사람으로서, 그 기나긴 중국 생활 중 공안국의 감방에 간 적이 있었다. 이번에는 그때의 이야기를 해 주고자 한다.

중국에서 도망도 치고 자살 시도도 하며 절망에 몸부림치던 5개월, 그 후의 이야기다. '이제는 그냥 이렇게 하루살이처럼 살아가야겠다.'며 체념하고 도망도 다 포기했을 때였다. 나에게 또 다른 시련이 찾아온 시기는.

바로 그 동네의 파출소 소장이 함께 탈북한 친구와 나를 신고
해 버린 것이었다. 훗날 그 소장은 암 투병을 하다가 죽었는데,
이 일을 알고 있는 중국 사람들은 죄를 지어 죽은 것이라고 시원
해하는 사람들도 많았다.

그날은 아직까지도 잊히지 않는다. 첫 김매기를 끝낸 날이었
다. 다음 날은 다른 집의 삯일을 해 주는 것으로 돈을 벌기 위해
일찍 잠에 들었다. 그날, 이 엄마는 꿈을 꾸었다. 북한에 두고 온
아버지의 관을 그러안은 꿈이었다.

정신없이 울고 울다 잠에서 깨어났는데, 아무리 생각해도 불
길한 마음이 가시지 않았다. 그래서 대책도 없이 일단 남편을 붙
잡고 어디든 놀러 가자고 조르기 시작했다. 말도 제대로 할 수 없
기에 그저 무작정 떼를 썼다. 옷자락을 붙잡으며 그 사람이 일하
러 가는 길을 막고 남편네 외할머니 집으로 가자고 발을 굴렀다.
시아버지와 시어머니는 그런 나를 보다 못해 말했다.

"그동안 일하느라 힘들었을 테니, 오늘은 할머니 댁에 가서 하
루 놀다 와."

나는 그 말이 떨어지자마자 부랴부랴 남편을 끌고 길을 떠났
다. 가는 도중에도 남편의 외가와 고모 댁으로 갈라지는 길목에
서 고모 댁으로 가자고 떼를 썼으나, 이번에는 이기지 못해 외가
로 향했다.

외가에 도착하니 할머니가 자신의 손자를 반기며 곧장 주방으

로 들어가 음식을 준비하기 시작했다. 그러나 딸아, 예상하고 있었겠지만, 우리는 그 음식을 한술도 채 뜨지 못하고 중국 공안에 잡혀갔다. 집에 찾아온 공안이 아들과 며느리는 어디 갔느냐고 묻자 아무것도 배우지 못한 무식한 시어머니가 산 너머 앞 동네 외가에 놀러 갔다고 말해 버린 것이었다.

우리가 끌려간 곳은 면 파출소였다. 거기서 나와 함께 북한을 떠나 온 친구도 끌려온 것을 보았다. 그는 울먹거리며 나에게 물었다. "이게 대체 무슨 일이야?" 그에 나는 "끝장이다."라고 대답했다.

머지않아 우리는 다시 군 공안국으로 끌려갔다. 공안국에서는 한국말을 할 줄 아는 한 여자를 데려다가 통역시키며 서류를 작성했다. 나는 그곳에서도 화장실 핑계를 대며 여러 번 죽을 기회를 엿보았으나 끝내 성공하지 못했다. 화장실도 여성 공안이 따라다닌 탓이었다.

우리는 결국 교도소로 이송되고 말았다. 그곳에서 북송되는 날을 기다려야만 했다. 교도소의 철창이 잠길 때 눈앞이 캄캄해지는 기분을 네가 알까 모르겠다. 내가 북송되면 탈북을 했다는 것이 들통나 가족들까지 해를 당할 텐데. 그 생각이 들자 온몸이 부들부들 떨리며 무릎이 휘청거렸다.

이제 어떻게 해야 하나, 눈물로 볼을 적시며 머리를 싸매고 있을 때 하나님이 도우셨는지 그 교도소에서 한 조선족 언니를 만나게 되었다. 한국에 가려는 사람들에게 수속을 밟아 주다가 어찌어찌 잡혀 들어왔다는데, 그때는 당최 알아듣지도 못할 소리였다. 그래도 말이 통하는 사람을 만나니 숨통이 트이는 것만 같았다.

저녁 시간이 되어 들어오는 식사는 밀가루 빵에 국과 반찬이 전부였는데, 솔직히 말하면 중국 시집에서 먹는 것보다 더 좋은 것이었다. 조선족 언니는 나에게 먹어야 산다고, 먹으라고 권했지만 나는 서글픈 웃음을 지으며 말할 뿐이었다.

"언니, 이 감옥을 보면 나는 차라리 북한의 모든 사람들에게 중국에 와서 감옥살이를 하라고 권하고 싶어요. 북송만 시키지 않는다면 평생을 감옥에서 생활하라고 해도 무섭지 않겠네요."

상상이나 가니? 내가 떠나온 북한의 실생활은 중국의 죄수들이 갇혀 있는 감옥보다 훨씬 더 비참했다는 것을.

밤새 '어떻게 하면 북송되지 않을까?' 고민하며 밤을 샌 나는 조선족 언니에게 물었다.

"언니. 나 단식할까 해요. 단식하면서 제발 북송만 시키지 말아 달라고 하면 어떨까요?"

그러자 그 언니는 고개를 저었다. 그러면 반항하는 것으로 받아들여 처우가 더욱 엄중해진다는 이유였다. 어쩔 수 없이 다시 골똘히 생각에 잠겼다. 단식이 안 되면, 먹지 못해 안 먹는 것은 어떨까?

이 엄마는 그때부터 속이 좋지 않아 못 먹겠다며 음식을 전부 끊었다. 그나마 조금 먹은 것도 남몰래 손가락을 목에 밀어 넣어다 토해 버렸다. 이렇게 삼일을 굶고 나니 앉아 있을 힘도 없게 되었다.

공안국에서는 하루에 두 번씩 나를 병원에 데리고 갔는데, 병원에서도 원인을 알 수 없다고 하며 그저 포도당 링거를 꼽아 줄 뿐이었다.

이렇게 일주일을 보낸 후, 나는 조선족 언니에게 펜과 종이를 좀 얻어 달라고 했다. 그리곤 그 언니의 도움으로 공안국 국장에게 편지를 썼다. 북한에서 어머니를 잃고 살아 보자고 압록강을 건넜다고, 제발 북송은 시키지 말아 달라고. 나 하나 죽는 건 무섭지 않으니 그냥 내가 이대로 죽을 수 있도록 내버려 달라고 부탁했다. 당신들의 손으로 직접 사람을 죽이는 건 아니지만, 당신으로 인해 수많은 사람이 죽는다면 남은 생이 편하겠느냐고 물었다.

나는 살려 달라고 애원하지 않았다. 오히려 죽여 달라고 애원했다. 제발 나를 죽게 내버려 두라고, 불법 입국한 것은 나의 죄이니 나 하나의 죽음으로 그 죗값을 치르게 해 달라고.

그리곤 편지를 조선족 언니에게 맡겼다. 이제는 내 손을 떠난 일이었다. 편지를 받은 언니는 공안들에게 '여기에 죽어 가는 애가 국장님께 쓴 편지가 있는데, 국장님을 만나게 해 달라.'고 전해 주었다.

그 말을 들은 공안들은 편지를 달라고 했으나, 언니는 그 애한

테 있다고 하며 공안들 몰래 편지를 내 손에 꼭 쥐여 주었다. 국장이 와서 직접 달라고 할 때까지 절대로 주면 안 된다는 말과 함께였다.

나는 편지를 꼭 붙잡고 언니가 편지를 달라고 해도 주지 않는 척을 했다. 그러자 공안들은 힘없이 누워서 울고 있는 나를 보더니 알겠다는 말을 남기곤 돌아가 버렸다.

딸아! 그 다음 날 무슨 일이 일어났는지 예상할 수 있겠니? 바로 오후에 일고여덟 명이나 되는 공안국 간부들이 우리의 철창 앞에 선 것이다. 국장님이 회의를 하다가 왔다고 하자, 조선족 언니는 나에게 편지를 달라고 했다.

언니는 편지를 번역해 중국말로 읽어 주었다. 정말로 가슴을 치며, 통곡을 하며. 그는 이 아이가 불쌍하지 않느냐고, 제발 살려 달라고, 북송하면 안 된다고 애원했다. 이 애들이 여기 와서 죄를 짓는 것도 아니고, 그저 밥이나 벌어먹고 살겠다는데 살려 주면 안 되겠냐고 울면서 사정했다. 온 감방에 스무 명도 족히 넘는 사람들이 모두 울면서 살려 달라고 사정하는 광경을, 아마 쉽게 상상할 수는 없을 테다.

공안국의 간부들은 그 광경에 한참 동안 아무 말이 없었다. 마침내 국장님이 입을 떼었다. 혹여 내가 알아듣지 못할까 봐 한 마디 한 마디 천천히 뱉는 말이었다.

"걱정하지 말아요. 보내 줄게요. 북한이 아니라 중국에서 살던 집으로 보내 줄게요. 그러니 힘을 내서 밥도 먹고 몸을 돌봐요.

그래야 집으로 가지요."

그렇게 일이 마무리되고, 조선족 언니는 나의 얼굴을 쓰다듬으며 이렇게 말했다. 정말 용감하다고, 결국 이겼다고. 이제는 북송이 아니라 살던 곳으로 보내 줄 거라고, 걱정 말라고.

그때의 엄마는 고마운 언니의 손목을 붙잡고 그저 고맙다고, 너무 고맙다고 인사밖에 할 수 없었다. 엄마는 아직도 그 언니가 잊히지 않는다. 그 후에는 한 번도 만난 적이 없지만, 지금도 그 언니가 잘되기만을 기도한다.

그래도 교도소에서 나가지 않는 이상은 불안감이 사라지질 않아서 총 13일을 단식했고, 끝내 시집에서 면회를 와 나를 데리고 나가겠다고 이야기한 후 맘을 놓았다. 이렇게 교도소에서 17일을 보내고 북송되지 않은 채 다시 집으로 돌아갈 수 있었다.

절망 속에서도 한 가닥의 희망을 붙잡고 모든 노력을 다했기에 끝끝내 일어설 수 있었던 게 아닌가 싶다. 가만히 앉아서 운명을 기다린 것이 아니라 목숨까지도 내놓고 노력했기에 북송이라는 어마어마하게 무서운 쇠사슬을 풀고 나올 수 있었던 것이라고.

딸아, 만약 그때 엄마가 운명을 탓한 채 가만히 앉아 결과만 기다렸다면 지금 어떻게 되었겠니? 어쩌면 너의 엄마가 될 수조차 없었을 것이다. 나와 함께 압록강을 건넌 그 친구는 그때 나와 함께 북송을 면할 수 있었지만, 훗날 또다시 구속되었을 때에는 누구도 도와주는 사람이 없었다. 그리고 자신조차 가만히 운명에 뒷일을 맡겨 버려 결국 북송되고 말았다.

딸아, 호랑이 굴에 들어가도 정신만 똑바로 차리면 살 수 있다는 속담을 기억하길 바란다. 그 어떤 절망 속에서 희망이 보이지 않을지라도 모든 힘을 다해 운명에 도전하면 새로운 희망이 너를 찾아온다. 겨울이 지나면 봄은 오기 마련이니.

3장

시련의 겨울을 살다

가족들 몫만큼의 은혜

중국에서의 19년은 이 엄마의 인생에 있어서 인생의 바닥, 타락의 구렁텅이였고 지옥이었다. 인간이 가지고 살아야 하는 신분조차 없어서 숨어 살아야 했던 시절이었으니. 사랑하는 내 딸, 네가 초등학교에 입학해 서류를 작성하던 날에도 나는 '어머니'라는 칸에 아무것도 써 넣을 수가 없었다. 하지만 결코 후회하지는 않는다. 그렇게 혼자 몰래 가슴을 그러쥐고 울어야 하는 삶을 살아왔음에도, 나는 후회하지 않는다.

네가 아는지는 모르겠지만, 중국 시집에 은혜는 갚아야겠다고 결심한 날이 있었다. 그들은 집안의 모든 재물을 다 팔고 돈까지 빌려서 나를 살리려 노력했다. 그렇게 날 살려 준 은혜를 저버리면 양심의 가책이 되어 남은 평생을 후회와 속죄로 살아야 할 것 같았다. 그 은혜만큼은 갚아야 인간의 도리라고 결심한 그때부터, 엄마의 인생은 오직 은혜를 갚기 위한 길에 있었다.

공안국 국장으로부터 "다시 살던 집으로 보내 주겠다."는 약속을 받고도 믿어지지 않아 밥을 먹지 못했을 때의 이야기다. 보다 못한 공안들은 내게 면회할 수 있는 기회를 주었다.

면회를 가 보니 시부모 집의 친척들까지 나를 찾아온 상황이었다. 매일 면회를 신청했어도 그들이 받아 주지 않았다고 했다. 네 아빠는 "아내가 없으면 나도 죽어 버리겠다!" 하며 땅을 쳤고, 가족들은 그런 아들이 불쌍해 벌금을 물어서라도 나를 살리려 했다. 그러나 문제는 공안국이었다. 그들의 말을 들어 주지도 않으니 마땅한 방도가 없었다.

그런데 갑자기 무슨 바람이 불었는지 공안국에서 그 산골 동네까지 찾아가 며느리를 살리고 싶으면 돈을 준비하라고 했단다. 중국 돈으로 일만사천 위안⋯

가난에 찌들고 찌든 그 집은 14,000위안은커녕 140위안도 손에 쥐고 살아 보지 못한 날이 더 많았다. 그런 집에서 이 거금을 마련한다는 것은 말 그대로 하늘의 별 따기였다.

그나마 가지고 있던 재산인 농사짓는 소까지 팔았지만 돈을 장만할 수는 없었다. 이러나저러나 사람은 살리고 봐야 한다던 그들은 온 친척들을 다 동원해 이리 뛰고 저리 뛰었다. 결국 모두가 가지고 있는 대로 보탤 뿐만 아니라 여기저기에 빌리기까지 해서 겨우 거금을 장만해 냈다. 그렇게 3일 밤낮을 뛰어 마련한 돈을 두 번 생각할 것도 없이 공안국에 바쳤다. 두 명이 잡혀 들어온 것이니 한 명만 풀어 줄 수는 없다고 하여 내 친구를 샀던 집에서도 기르던 양떼를 다 팔고 우리 집 친척들까지 달라붙어 돈을 마련했다고 한다.

　너의 할아버지, 할머니는 단식 때문에 힘이 없어 고개조차 들기 어려워하는 나를 부둥켜안고 눈물을 흘리며 이렇게 말했다.

　"이젠 무서워 말아라. 월요일만 되면 집에서 데리러 올 것이니, 걸어서 집에 가야지. 밥도 먹고 기운 내서 정신 차려라. 꼭 데리러 올 것이니 걱정 말아."

　순간 내게 그 말은 마치 천사의 목소리처럼 느껴졌다. 살았다, 내 가족과 친척들도 살렸다. 긴장이 풀리자마자 그 자리에서 쓰러진 나는 공안국 사람의 등에 업혀 방으로 돌아갔다.

　온 감방의 사람들이 나의 손을 잡고 축하한다고, 잘 살라고 격려해 주었다. 나를 도와준 조선족 언니도 이젠 걱정 없다고 하며, 시댁에서 돈을 못 내면 자기가 돈을 장만해 볼 테니 걱정 말라고 했다. 다음날 죽이라도 먹고 기운을 차리려 애쓰는 나에게 공안이 찾아왔다. 이제는 벌금도 다 냈으니 월요일에 나갈 수 있다고 알려 주러 온 것이었다. 정말 살았다고 좋아하는 나를 보며 조선족 언니는 놀라는 표정과 함께 이야기했다.

　"그래도 너희 집 사람들이 목숨을 구해 줬구나. 그간 쌓인 설움은 많겠지만 마음 누그러뜨리고 살아야지 어쩌겠니. 이제 북한으로 돌아간다는 생각은 말고, 목숨 살려 준 은혜라 생각하면서 살아라. 네가 도망치면 어데로 가겠니? 갈 곳 없는 네가 떠돌아다니다가 다시 잡히면 이번처럼 운이 좋아 또 풀려날 수 있을 것 같니? 없는 집에서 고생하며 돈을 장만해 살려 줬으니, 이젠 그냥 은혜 갚는다 생각하고 그 집에 마음 붙여라."

나는 언니의 이야기를 들으며 많은 것을 생각했다. 그동안 내가 도망치겠다고, 차라리 죽어 버리겠다고 들볶으며 그들의 애간장을 태웠지만 그래도 죽음의 구렁텅이에 빠진 나를 구해 준 이들은 그들뿐이었다. 아니다. 나 하나의 목숨도 아니었다. 내가 북한에 두고 온 가족들의 목숨까지 살린 것이었다.

그때 결심했다. 은혜를 갚자고. 돈을 벌어서 오늘 진 빚을 갚자고. 그래 봐야 100년도 못 사는 인생이지 않니. 이 짧은 생에 부모님과 동생에게 미안한 마음으로 속죄하며 사는 것도 모자라서, 이제 나와 가족을 구해 준 그들에게까지 미안하게 살고 싶지는 않았다.

그래서 나는 나에게 5년이라는 시간을 주었다. 빚을 다 갚고 난 5년 후도 생각해 보았다. '돈을 벌어서 빚을 갚더라도 북한으로는 돌아갈 수 없으니, 한국으로 가는 건 어떨까?' 마침내 한국행이라는 생각을 가지게 된 것이다.

이 엄마는 한국의 모습이 북한에서 가르치는 것과 다르다는 사실을 열여섯 살 즈음부터 어렴풋이 알게 되었던 것 같다. 6·25 때 할머니와 헤어져 한국에 갔다가 미국으로 이민을 떠난 어린 고모가 있었는데, 훗날 그녀가 고모부와 함께 고향 방문차 평양에 왔을 때 만난 적이 있기 때문이다. 우리는 서로 편지를 주고받곤 했는데, 그때 고모의 딸인 사촌 언니가 서울에 산다는 것을 알게 되었다.

그 사실을 떠올린 나는 사촌 언니를 찾아가고 싶었다. 부지런히 돈을 벌어 중국의 시댁에 은혜를 갚고 나면 서울로 언니를 찾아가고 싶었다. 그러나 중국 동북 끄트머리의 산골 마을에서 한국으로 가는 길을 찾는다는 것은 꿈조차 꿀 수 없는 일이었다.

그 은혜를 갚는 길에 19년이 걸렸다. 너처럼 순수했던 어린 날의 꽃다운 청춘을, 그 은혜를 갚는 데 바쳤다. 한국행을 노래처럼 부르며 한국으로 가는 길을 찾는 데 19년을 바쳤다.

한 달, 1년, 5년, 10년, 그 기나긴 하루하루를 버틸 수 있었던 건 '은혜를 갚고 한국으로 가겠다.'는 실오라기 같은 희망 덕분이었다. 그 희망을 붙잡고 일어설 수 있었으며, 꿋꿋이 어려운 나날들을 미소로 이겨 낼 수 있었던 거다.

딸아, 기억해라. 희망은 사람에게 생기를 가져다준다. 길고도 짧은 인생에는 꽃길도 있지만 가시밭길도 있다. 가시밭길을 걸을 때 온몸이 찢기고 긁혀 상처투성이가 되겠지만, 그 길 끝에 보이는 희망이라는 빛을 놓치지 마라. 굳게 잡은 인생의 목표가 있다면 그 가시밭길도 결국은 행복을 찾아가는 여정이 될 것이다.

엄마가 보낸 중국에서의 19년은 인생의 구렁텅이에서 자유의 빛을 찾아 나오려는 필사의 몸부림이었다. 또한 끝없는 어두운 절망의 터널 속에서 쓰러지고 다시 일어서며 한 가닥의 빛을 찾아, 자유라는 희망을 찾아 걷는 인생의 여정이었다.

　절망으로 쓰러진 순간에 이 엄마는 노래를 부르며 꿋꿋이 다시 일어서곤 했다. 등대의 빛을 찾아 파도 속을 헤매면서도 희망을 잃지 않는 쪽배처럼, 나도 자유의 한국이라는 한 줄기 빛이 있기에 마침내 꿋꿋이 걸어올 수 있었다.

자유의 한국을 꿈꾸다

죽는 길만 찾으며 살아온 내게 '은혜를 갚고 한국으로 가야 한다.'는 한 줄기 희망이 마음속에 자리 잡고 우후죽순처럼 자라나기 시작했을 때의 얘기다.

그 꿈을 위해서는 우선 돈을 벌어 빚을 갚아야 했다. 그러나 중국말도 제대로 하지 못하는 나에게 모든 것은 꿈에 그칠 뿐이었다. 공안국에 잡혀갔다가 풀려난 후, 집에 와서 물어 보니 벌금은 냈지만 신분은 인정해 주지 않는다고 했단다. 그러니 빨리 중국말을 배워 동네를 떠나야 했다. 북한에서 온 두 처녀가 살고 있다는 것을 동네 사람들이 죄다 알고 있었기에, 그곳을 떠나지 않으면 언제든 신변이 위태로워질 수 있었다. 누구든지 고자질만 하면 잡혀갈 판국이었으니.

뿐만 아니었다. 소식이라곤 꽉 막혀 버린 그 동네를 떠나야 어떻게든 한국에 대해서 알아보고 한국으로 갈 수 있는 길도 찾아볼 수 있었던 거다.

너는 모르겠지만, 그때 했던 엄마의 결심은 결국 정확한 것이었다. 내 충고를 듣지 않고 그 동네에서 계속 살던 친구가 결국 3년도 못 되어 다시 공안국으로 끌려갔고, 결국 북송되어 버렸다.

그 후 그녀의 소식은 완전히 끊어졌다. 혹시 다시 탈북하여 한국으로 들어오지 않았을까 하고 알아본 적도 있으나, 그는 한국에도 들어오지 못했다. 북송되어 죽었는지 살았는지조차도 모르는 상황이다.

그때의 엄마는 '나는 할 수 있다.'는 신념으로 농사일을 하면서도 부지런히 중국어를 배우는 데 몰두했다. 봄에는 산나물을 캤고, 여름에는 김을 매며 삯일을 했고, 가을에는 버섯을 따서 팔거나 가을걷이를 해 주는 것으로 돈을 벌었다. 겨울에는 산에 가서 땔감을 마련했고 돼지와 닭, 오리, 거위를 키웠다.

정말 팔아서 돈으로 받을 수 있는 것은 다 해 보았다. 그러나 그렇게 고생을 해도 남는 것이 없었다. 가을이 되어 나라에 바칠 것을 다 바치고 나면 손에 돈 한 푼 남지 않았을뿐더러 오히려 마이너스나 되지 않으면 다행이었다.

두 눈을 못 보는 시어머니와 한쪽 다리를 못 쓰는 시아버지를 두고 알바라도 하러 가야 했다. 네가 태어나기 전, 엄마는 정말 말로 다할 수 없는 고생을 했었다. 임신을 했다가도 유산해서 피가 흐르는 몸을 끌고 벽돌을 주워 날랐다. 그렇게 하루 종일 일하면 20위안 정도를 벌 수 있었다. 하지만 걸음을 옮길 힘도 없어 그대로 주저앉아 울곤 했다. 사과 상자를 포장하기도 했었다. 하루 10시간 정도를 일하고 나면 남는 것은 겨우 10위안이었다.

버는 돈이 너무 적어서 석탄 옮기는 일을 하고 다녔다. 딸아, 너는 그게 무슨 일인지도 모를 테다. 내 키보다 더 큰 삽을 들고 60톤이 넘는 큰 화물차에 기어올라 20~30분 내에 석탄을 죄다 하차해야 하는 일이었다.

물론 하차로 끝나는 것도 아니다. 하차한 석탄을 체에 걸러서 가루와 덩어리로 나누어야 했고, 자갈을 골라 낸 석탄 덩어리는 다시 일정한 크기의 석탄으로 깨어 지정된 장소로 날라야 했다. 남는 가루는 가루대로 정리했다.

이렇게 일을 하다 보면 온몸이 까맣게 변한다. 치아도 까매지고, 귀와 코도 석탄 가루로 꽉 채워진다. 그나마 이 일이 끝나면 하루에 40~50위안 정도는 벌 수 있었다.

네 아빠는 배우지 못해 능력이 없었고, 나는 신분이 없으니 이런 곳에서 일할 수밖에 없었던 거다. 신분증을 좀 보자는 사람이 없는 곳에서.

이렇듯 악착스럽게 벌고 벌어도 돈은 모일 줄 몰랐다. 별의별 일을 다 하고 있을 때 어떤 조선족분들을 만나게 되었다. 그들은 김치 장사를 하는 이였는데, 나는 조선말을 듣는 것이 너무 좋아 자주 그를 찾아갔다. 우리는 그 길로 친해지게 되었고, 아버지 어머니로 부르는 정도까지 가까워졌다.

어느 날, 그들에게서 나처럼 탈북한 많은 여성들이 고생하며 살고 있다는 것을 알게 되었다. 또 그들이 거의 다 도망간다는 것도 알게 되었다. 뒤따라 이 소식을 알게 된 남편은 나를 더욱더 철저히 감시하기 시작했다.

나는 그에게 걱정 말라고, 도망 안 갈 테니 열심히 일해서 빚 갚을 궁리나 하자고 일렀다. 그러면서도 그 조선족분들께 한국으로 갈 수 있는 길이 없겠느냐고 몰래 사정을 했었다.

그러나 그들도 그저 어렴풋이 들어 아는 것이라며, 브로커를 찾을 길도 없고 설령 찾아낸다 해도 가는 길에 죽는 사람이 너무 많다고 답할 뿐이었다. 그러니 한국으로 갈 생각은 하지 말라고 나를 타일렀다. 가다가 산에서 길을 못 찾아 굶어 죽고, 얼어 죽고, 강에서 쪽배를 타고 가다가 악어에게 잡아먹히기도 한다며.

그것도 그것이거니와 가다가 운 나쁘게 잡혀 북송되는 게 더 큰 문제였다. 그나마 중국에서 살다가 북송된 사람은 살아나올 수 있어도, 한국행을 하다가 북송된 사람은 무조건 죽이니 그런 생각은 말고 그저 그렇게 살라고 했다.

그 이야기에 겁을 먹기도 하고 실망도 했지만 그래도 많은 정보를 알 수 있었다. 이 땅에는 나뿐만이 아닌 탈북자들이 많다는 것, 그들 중에는 한국행을 하는 사람들이 있으며 성공한 사람도 있다는 것.

희망이었다. 언젠가는 그 길을 찾을 수 있고, 한국으로 가는 날이 올 수도 있다는 생각에 희망이 생겼다. 물론 그 뒤에도 이렇다 할 큰 변화가 생긴 것은 아니었다. 돈을 벌어 빚을 갚는다는 것도 너무 벅찬 일이었고, 한국으로 가는 길을 찾는다는 것도 그저 꿈에 불과했다. 버는 돈으로는 이자도 갚기 힘들어 빚이 불어만 갔고, 세상이 나를 버린 것처럼 한국으로 갈 수 있는 길도 도저히 찾을 수 없었다.

그럼에도 딸아, 나는 오직 할 수 있다는 신념 하나로 그 나날을 극복해 왔다. 너는 알지 않니? 엄마는 대나무를 무척 좋아한다. 폭풍이 몰아쳐 백 번 휘어지더라도 또 백 번 일어나는, 꺾이지 않는 그 불굴의 투지가 삶의 이정표나 마찬가지였다.

불안과 두려움의 연속인 삶에서 억지로라도 미소를 띠며 스스로를 응원하고 힘을 줬다. 그렇게 중국에서 보낸 지옥 같은 삶을 이겨 낼 수 있었다. 저 앞에서 희미하게나마 비춰 주는 희망의 등대가 있었기에, 아무리 힘들어도 한국에 가면 자유를 찾을 수 있다는 목표가 있었기에 희망을 지키며 살아올 수 있었다.

나는 나를 믿었고, 절망의 밑바닥에서도 후회 없는 인생을 살려고 노력했다. 지금도 나는 이따금 뒤돌아본다. 내 인생이 아무리 얼룩지고 아물지 않은 상처로 어그러졌어도, 희망을 안고 달려온 만큼 후회하지 않는 인생이라고. 자랑스럽게 나를 위안할 수 있다.

엄마라는 이름의 의무감

인생은 오미자처럼 쓴맛, 단맛, 신맛, 매운맛, 짠맛을 다 맛보는 것이 아닐까 생각한다. 아무리 행복한 인생이라도 쓴맛을 볼 때가 있고, 아무리 쓰디쓴 인생이라도 그 쓴맛 속에서 느끼는 단맛이 있을 것이다.

내 딸아, 중국 속담에는 '집집마다 자기만이 아는 어려움과 힘겨움이 있다.'고 한다. 인생의 밑바닥에서 허덕이는 삶이더라도 나름대로 즐길 수 있는 기쁨과 웃음, 행복이 있다는 뜻이다. 인생이 쓴맛으로만 이어진다면 어떻게 살아갈 수 있겠니? 그래서 쓴맛 단맛을 다 겪어야 인생살이 좀 했다고 하는 것이다.

이 엄마가 중국에 팔려 간 것은 스물네 살의 꽃다운 나이였다. 이제는 너도 아는 바와 같이, 돈 주고 여자를 사는 이들은 아이를 낳게 하여 집안의 대를 잇겠다는 목적을 가지고 있다. 그래서 팔려 간 탈북 여성들 중 아이를 중국에 두지 않고 온 여자는 없을 것이다.

나 역시 그랬다. 팔려 간 그 순간부터 시부모에게 '아이를 낳아야 한다.'는 요구를 노래처럼 듣고 살았다. 그 당시 중국에서는 '지화성위'★가 실시되고 있었다. 그러나 그 산골에서는 벌금을 내더라도 아이를 낳고 싶어 하는 이들이 많았다. 일단 임신을 하면 여기저기로 숨어 다니며 아이를 낳았던 것이다.

그러나 딸아, 네가 어떻게 생각할지는 모르겠지만 나는 임신하고 싶지 않았다. 아이를 낳으면 발목이 잡혀 집으로 돌아갈 수도 없고, 한국으로 갈 수도 없을 것 같았기 때문이다.

그리하여 중국에서 은혜를 갚은 뒤 한국으로 가겠다고 결심한 그 5년간 임신하지 않으려고 무진 애를 썼다. 피임은 어렵지 않았다. 어찌 임신한 적도 있었으나, 금세 유산해 버렸다. 그렇게 5년을 보냈음에도 여전히 한국행은 가능성조차 보이지 않아 너무 힘이 들었다. 그때 엄마는 모든 것을 자포자기하고 말았다.

그냥 이렇게 살다 죽어야겠다고 생각하니 너무도 외로웠다. 그래도 내 피붙이는 하나쯤 있어야겠다는 생각이 들었다. 서로 의지하며 살다가 죽으면, 그래도 내 죽음에 누군가 울어 주고 묻어 줄 사람은 있겠다고. 그런 생각이 들었던 거다.

그렇게 임신한 후에는 중국과 러시아의 접경인 무원이라는 곳으로 이사를 갔다. 그곳에 친척들이 있기도 했고, 너무 외진 곳이

★　한자녀 산아제한 정책, 한 가정당 자녀 한 명만 낳도록 제한한 정책

어서 신분증 검사가 거의 없는 곳이라는 이유도 있었다.

이제는 사실 그 모든 길이 나를 한 걸음 한 걸음 한국으로 올수 있도록 이끌어 주던 운명이었다고 생각한다. 그곳에서 만난 탈북 여성 한 분이 훗날 한국에 무사히 도착한 후 나를 도와주어 꿈에 그리던 한국행에 성공할 수 있었으니.

그러나 그때는 이 길이 생의 봄날을 향한 길임을 몰랐던 탓에 이 엄마는 그저 임신 후의 고통에 시달릴 뿐이었다. 아무것도 없이 이사 간 우리를 맞아 준 건, 영하 40도까지 오르내리는 무서운 추위와 끼니를 걱정해야 하는 힘든 생활이었다. 임신한 몸으로 산에 나무를 하러 다녀야 했고, 다음 끼니를 위해 언 배추와 언 양배추를 얻으러 다녀야 했다.

겨울에 이사를 하면서도 준비를 너무 부족하게 했던 것이다. 아르바이트라도 해서 먹고살면 되리라 하는 어리석은 생각 때문이었다. 그곳은 너무 추워서 겨울에는 알바도 할 수가 없었다.

남들은 임신하면 먹고 싶은 것 다 먹으며 산다는데, 나는 사과 한 알 사 먹을 형편이 아니었다. 지금도 기억이 생생하다. 흑룡강에 고기잡이 가는 남편을 보내 놓고 나는 계란 1kg, 열여섯 알로 한 달을 살았다. 채소가 먹고 싶어 막달의 배를 내밀고 깊은 산속으로 산나물을 캐러 가기도 했다.

딸아, 내게도 부모님이 있었다. 부모님이 너무도 그리웠다. 아침에 일어나면 베개가 눈물로 젖어 있곤 했다. 부모님이 곁에 있다면 이 시집 사람들이 나를 그렇게 무시할 수 없었을 것이다. 부모님이 곁에 있다면 나를 이렇게 불쌍하게 만들지 않았을 것이다. 동네 사람들이 다 너무하다고 말하는 판이었다.

먹고 쓰고 사는 일은 둘째였다. 출산 날짜는 다가오는데 주머니에는 한 푼도 없었다. 엎친 데 덮친 격이라고, 산달이 다가오는 때에 나와 같이 온 친구가 공안국에 붙들려 북송되었다는 소식이 들려왔다. 그가 내 주소를 알고 있으니 빨리 달아나 숨어 있으라는 연락이었다.

나는 그 길로 집을 떠나 널따란 밭을 지키고자 지어 놓았던 경비실 같은 곳에 한 달을 숨어 살았다. 그가 북송되었다는 소식을 듣고 나서야 겨우 집으로 돌아와 출산 준비를 할 수 있었다.

돈이 없어 병원에 갈 생각은 하지도 못하고 집에서 산파를 찾다가 출산했다. 흔히들 출산은 지옥문까지 갔다가 다시 돌아오는 과정이라고 한다. 나 역시 거의 3일 밤낮을 통증으로 울었다. 온몸이 땀으로 젖어 고통에 시달렸다. 옆집 사람은 한 사람이 죽으면 두 사람의 송장이 난다며 당장 병원에 가야 한다고 했지만 내게는 병원에 갈 돈이 없었다.

이를 악물고 어머니를 찾았다. 어머니에게 도와 달라고 마음속으로 울부짖었다. 돌아가신 어머니가 도우셨는지, 하나님이 도우셨는지 그래도 무사히 아이를 낳을 수 있었다.

건강하고 예쁜 딸, 마침내 나에게 찾아온 딸이 그래, 바로 너였다. 온몸의 힘을 다 빼고 정신을 잃기 전 나는 모든 힘을 다해 내 피붙이, 하나밖에 없는 내 피붙이인 너를 들여다보며 행복에 눈물지었다.

이제는 이 중국 땅에 나 하나만이 아니었다. 나에게도 누군가를 지키고 키워야 할 의무가 생긴 것이다. "엄마!"라고 부르며 평생을 같이할 피붙이. 내 몸에서 떨어져 나온 이 피붙이를 위하여 나는 굳세게 살아야 했다.

너를 다 키우기 전까지는 내게 죽을 권리도 없다는 것을 깨달았다. 내가 이 세상에 너를 데리고 왔으니, 너에게 행복을 선물할 의무가 있었다. 너와 나는 인연이어서 네가 이 세상에 왔고, 우리는 평생을 같이 할 인연이기에 나는 너에게 수연이라는 이름을 지어 주었다.

지옥과 같은 세월의 고달픔과 외로움, 고통과 아픔의 연속인 나날. 나의 딸, 너는 내가 살아가야 할 힘이자 희망이 되어 주었다. 하루하루 한 해 한 해 예쁘게 무럭무럭 커 주는 네가 나에겐 행복이었다.

나의 인생은 이렇게 얼룩지고 망가졌지만, 내 딸, 너에게만은 희망의 꽃길을 놓아 주고 싶은 소망이 생겼다. 그것을 동력으로 다시 용기를 내어 도전에서 승리할 수 있었던 것이다. 자유의 한국에 발을 디디는 것에 성공할 수 있었던 건, 결국 네 덕이 컸다.

나약한 마음으로 죽음의 길을 선택하려던 나에게 '내 딸의 엄마'라는 의무감이 변화를 가져다주었다. 책을 쓰겠다고 결심한 것도, 꿈을 위하여 또다시 도전하게 된 것도 '엄마는 해냈다.'는 것을 알려 주고 싶었기 때문이다. 그 시련과 고통, 절망 속에서도 엄마는 이렇게 일어설 수 있었다고. 너도 언젠가 인생의 시련을 마주해도 엄마처럼 일어나길 바란다고 이야기해 주고 싶었다.

네가 기억하고 있는지 모르겠다. 철들기 시작했을 무렵부터 외할머니, 외할아버지와 외삼촌, 이모를 찾았던 것을. 너의 사촌 언니는 외가 가족이 다 있는데 너만은 없다면서. 그런 너를 품에 꼭 껴안은 나는 목이 메어 말을 할 수가 없었다. 우리는 그날 약속을 했다.

"네가 열여덟 살이 되는 날, 엄마의 인생을 다 들려줄게…"

그러나 사실대로 말하자면 네가 열여덟이 되더라도 나의 고통스럽고 절망스러웠던 인생을 얘기해 줄 용기가 생길 것 같지 않았다. 그래서 이 책을 쓰기로 결심한 것이다. 딸에게 주는 엄마의 선물로.

부디 네가, 그리고 이 땅의 모든 딸들이 쓴맛 단맛 다 겪을 수밖에 없는 인생길에서 '희망'을 잃지 않기를 바란다. 자신만의 목표를 향해, 엄마처럼 쓰러져도 다시 일어나고 울더라도 다시 눈물 닦고 미소로 앞날을 향하여 달려가기를 응원한다.

딸의 인생은 나와 같지 않길

죽음은 나약한 자의 가장 쉬운 선택이다. 내가 바로 그 나약함으로부터 일어난 사람이니까 잘 안다. 인간에게 제일 힘든 것은 바로 살아가는 것이다. 그것도 인생의 구렁텅이에서 빠져나와 희망을 위해 도전하며 살아가는 것은 죽는 것보다 더 힘든 일이다. 더구나 가장 소중한 이에게 '인생은 이렇게 살아야 한다.'고 본보기가 되며 살아가는 것은 쉬운 일이 아니다.

그러나 엄마는 자식을 위해서라면 모든 걸 할 수 있다. 나의 친구 한 명은 북송되어 4년이나 교화소 생활을 했지만, 결코 주저앉지 않고 다시 일어나 탈북을 감행했다. 그 용기 있는 도전 끝에 결국 한국까지 아들을 데리고 들어올 수 있었다.

나는 그에게 죽기보다 힘든 시절을 어떻게 보냈느냐고 물어본 적이 있었다. 그는 웃으면서 이렇게 답했다.

"나를 기다릴 아들을 생각하면 죽을 수가 없었어."

두고 온 어린 아들이 행복하게 잘 사는 모습을 보기 전엔 죽을 수가 없었다고.

그렇다. 딸아, 나 역시 너를 위해 무엇이든 해낼 수 있었다. 이게 바로 어머니의 간절한 마음이고 능력인 것이다.

무럭무럭 커 가는 너를 바라보며 나는 끝없는 고심에 시달리게 되었다. 어린 딸에게만큼은 꿈도 심어 주고 희망도 안겨 주는, 꽃길 같은 탄탄대로를 마련해 주고 싶다는 마음이었다. 이것은 아마도 모든 부모의 한결같은 소원이고 마음일 것이다.

그러나 그때의 우리 집은 너무 가난해서 기저귀는커녕 기저귀를 만들 헌옷도 없었다. 이 집 저 집에서 얻어다 써야 하는 내 마음은 아프기만 했다. 너에게는 제일 좋은 것을, 제일 예쁜 모든 것을 주고 싶은 게 엄마의 마음이었다. 그럼에도 능력이 없어서 아무것도 해 주지 못할 때, 엄마의 찢어지는 마음을 처음으로 깨달았다.

내 딸, 너는 옆집에서 얻은 솜바지를 잘라 만든 작은 깔개와 만삭의 배를 안고 서러운 눈물로 적시며 만든 자그마한 이불로 이렇게 자라 주었다. 옆에 아무도 도와주는 사람이 없어 나는 부모님 생각을 자주 했다. 부모님이 계셨으면 이렇게 불쌍하지 않았으리라는 서러움에 시달리며, 오직 기댈 수 있는 하나님만 찾았다. 하나님은 이렇게 어렵고 힘든 나와 나의 딸, 너를 사랑하시어 네가 아무런 큰 병 없이 무럭무럭 자랄 수 있게 은혜를 베푸신 것이다.

당시의 나는 성경을 통해 중국어를 배우고 있었다. 사실은 어떠한 믿음도 없는 나였으나, 힘들고 의지할 데가 없을 때 나도 모르게 하나님을 찾게 되었다. 너를 낳을 때도, 돈이 없는 게 너무도 막막해 이불 속에서 혼자 울어야 할 때도 오직 하나님께 도와달라고 기도할 수밖에 없었다. 믿음도 없는 기도였다. 하나님의 존재마저 부인하면서도 나도 모르게 하게 되는 기도였다. 그럼에도 사랑의 하나님은 그 기도를 들어 주셨다.

흑룡강 고기잡이배에 삯일을 하러 갔던 남편이 600kg 넘는 황어를 잡아 돈을 벌어 왔으며, 너도 아무런 질병 없이 무럭무럭 자라 주었다. 그럼에도 나는 이 모든 것이 하나님의 은혜임을 알지 못했다. 다만 운이 좋았으며, 역시 사람이 죽으라는 법은 없다고 생각했을 뿐이었다.

아장아장 걸으며 엄마 아빠를 부르는 사랑스런 모습에 나는 널 위해 무엇을 해 줄 수 있을까 고민하느라 잠을 이룰 수가 없었다. 이렇게 오늘 있고 내일 없는 아르바이트로는 너에게 행복한 어린 시절을 만들어 줄 수 없을 것 같았다.

그때, 평소 알고 지내던 조선족 언니가 나를 찾아왔다. 식당 일을 해 볼 생각이 없느냐는 것이었다. 나는 식당 일을 해 본 적은 없으나, 시켜 주면 잘해 보겠다고 답했다. 집안의 형편만 보면 이 일을 거절하지 못할 상황이었다. 그러나 이제 걸음마를 떼는 너를 어찌 할 수가 없었다. 앞을 보지 못하는 시어머니에게 맡길 수도 없었고, 시어머니 본인도 자기는 못 하겠다고 거절한 터였다. 어쩔 수 없이 옆집에 사정을 하니 내 사정을 아는 언니가 '애가 말을 잘 들으니 내가 돌봐 주겠다.'고 해 그때부터 식당 일을 배울 수 있었다.

일은 설거지부터 시작했다. 나는 너를 옆집에 맡기고는 아침 일찍부터 채소를 다듬고, 씻고, 물고기를 손질해야 했으며 식당 청소도 혼자 도맡아 했다. 그 후에는 하루 종일 물에 손을 담그고 그릇을 닦았다.

그렇게 한 달을 쉬는 날 없이 일해도 월급은 겨우 270위안이었다. 반면 식당의 요리사는 월급이 1,000위안이나 되었다. 나는 주방에서 잡일이나 해서는 돈을 벌 수 없음을 깨달았다. 그때부터 몰래 요리사의 레시피를 기억하고 배우기 시작했다.

내가 일하기 시작한 식당은 보신탕집이었는데, 그때 나는 개고기를 먹을 줄도 몰랐고 동물을 몹시 사랑하는 입장에서 그것을 맛보는 일조차 힘들었다. 하지만 보신탕을 좋아하는 중국 동북에서는 봄여름이 되면 보신탕을 먹으려는 사람들이 줄을 섰다. 살아가기 위해 모든 것을 참아야 했고, 습관을 들여야 했다.

오전 8시 반부터 저녁 11시, 어떤 날은 12시까지 하루 종일 일에 시달리고 집으로 향했다. 집에 도착하면 가족들은 모두 잠을 자고 있었다. 아침에 일어난 네가 내 품에 안기며 "엄마, 엄마!" 하고 부르는 행복에 온몸의 피로가 풀렸다. 너의 목소리는 내게 다시 일어날 수 있는 힘이 되어 주었다.

아무리 힘들고 어려워도, 사랑스런 너에게만은 행복한 생활을 마련해 주고 싶었다.

나는 고향으로 돌아가고 싶어도 돌아갈 수 없고, 인간의 모든 자유와 권리를 박탈당한 채 살아가야 했던 그 시절에 어머니를 참 많이 원망했다. 어머니가 그렇게 빨리 가지 않았다면 설령 약을 구하러 다니느라 힘이 들었을지라도 그것마저 행복으로 여길 수 있었을 텐데… 그런 상상을 할 때가 많았다.

그래서 나만은 너에게 원망받는 엄마가 되고 싶지 않았다. 내게는 죽을 권리도, 힘들다고 불평할 권리도, 주저앉을 권리도 없었다. 내가 목숨을 걸고 한국에 가야겠다는 결심을 하게 된 계기도 너에게는 꿈과 희망을 피워 주고 싶다는 마음에서 나온 것이었다. 그 산골이 아닌, 세계를 향한 무대 앞에 세우고 싶은 소망 때문이었다.

한국에 들어오면서도 혹여 내가 죽거나 북송되면 엄마 없는 아이가 될 널 떠올리며 더욱 조심했고, 주님께 도와 달라고 부르짖었다. 한국 땅에 발을 디딘 그 순간부터 먼저 알아본 것도 중국에서 낳은 자식을 데려올 수 있는지에 대한 것이었으며, 한국은 중국의 탈북 2세대도 받아 준다는 소식을 알고 나서는 감격의 눈물도 흘렸다.

이제는 너도 한국 국민으로 학교에 진학해 한국어를 배우고 있다. 내가 지금까지 살면서 하고 싶었던 일을 해낸 게 있다면 자유와 민주를 향한 발걸음이 성공했다는 것, 그리고 너에게 행복한 삶을 마련해 주겠다는 결심을 이룬 것이다.

딸아, 인생길은 짧지만 먼 길이다. 그 길에는 비바람이 불 수도 있고, 눈보라가 휘몰아칠 수도 있고, 폭풍이 찾아올 수도 있다. 비바람과 눈보라를 이겨 내고 폭풍에도 꺾이지 않은 채 나아가라. 넘어지면 일어서고 쓰러지면 기어서라도 굳세게 걸어 나가라. 겨울이 가면 봄이 오듯이, 밤이 가면 아침이 오듯이 결국 인생의 꽃길은 네 앞에 펼쳐지기 마련이다.

노력은 성공의 어머니라고 한다. 엄마가 '딸의 행복'이라는 소망 하나로도 죽음마저 헤쳐 나올 수 있었듯이, 사랑하는 내 딸도 이제 시작된 인생길에 꿈과 희망을 안고 끝없는 노력으로 꽃을 피워 가길 애타게 바란다.

할 수 있다는 믿음의 힘

세상의 모든 사람들은 인생을 살면서 이런저런 상처를 받지만, 그 상처를 통해 자신을 뒤돌아보며 더 강해지기도 한다. 지금까지 가족을 떠나 외롭게 세상 밖을 떠돌면서 깨달은 것은 '지금 괴로운 것도 시간이 지난 후 뒤돌아보면 아무것도 아니라는 것'이다. 아무리 아픈 날이어도, 아무리 무섭고 두려운 날이어도, 심지어는 죽고 싶다는 생각으로 자살 시도까지 했던 날이어도.

시간은 보약이다. 상처와 얼룩으로 가득한 삶이라 할지라도 그 조각들을 하나하나 맞춰 가다 보면 인생이라는 한 폭의 그림이 완성될 것이다.

딸아, 사람들이 원하는 건 평범한 삶이다. 하지만 이 소박한 평범함조차 허락되지 않아 고통과 불안 속에서 헤맬 때가 많다. 그러나 자기 인생을 결정하는 것은 나 자신이다. 그 결정이 행복을 불러오든 불행을 불러오든, 선택은 자신이 한 것이다.

그러므로 행복이든 불행이든 자기 자신이 결과를 감당해야 한다. 누구를 원망해도 문제는 해결되지 않고, 무서워하거나 두려워한다고 해결되는 것도 아니다. 단지 자신이 온힘을 다해 행복해지려고 노력한다면 불행 속에서도 낙을 찾을 수 있다. 또 불행 속에서 일어날 수 있는 힘의 원천과, 행복으로 가는 지름길을 찾을 수 있다. 불행 속에서 얻은 상처 하나하나가 세상을 살아가는 밑천이 되어 줄 것이다.

그러니 오늘의 괴로움과 스트레스를 털어 버리고 내일의 일은 내일 고민하도록 하자. 그렇게 하루하루를 꿈과 소망, 사랑으로 가득 채울 때 행복이란 인생이 나를 찾아올 것이다.

모두가 성공을 꿈꾼다. 그렇다면 딸아, 성공이란 무엇일까? 억만장자가 되는 것? 모든 것을 만족시킬 권력을 가지는 것? 그런 것도 성공이겠지만, 나는 천 번 쓰러져도 다시 한번 일어나는 것이 성공이라고 생각한다. 마음의 평화를 얻고 뒤돌아봤을 때 후회 없는 삶을 살아가는 것이 성공이라고 생각한다.

나는 북한에서나 중국에서나 살아가는 하루하루를 후회 없이 살아 보려고 발버둥 쳐 왔다. 누군가의 눈에는 그 삶이 비웃음거리처럼 보이기도 하고, 불쌍한 몸부림처럼 보이기도 할 것이다.

하지만 훗날 뒤돌아보니 누군가에게 해를 끼치지 않았고, 행복이란 목표를 향해 살아왔다는 것만으로도 성공한 인생이었던 것 같다. 그 자그마한 성공들이 모여서 인생을 엮어 나가고, 인생의 귀중한 밑천이 되는 삶의 한 페이지가 되는 것이다.

이 엄마는 중국에서 도망을 치다가 붙잡혀 폭행을 당했을 때 준비 없는 행동은 실패로 간다는 교훈을 얻었다. 또한 자살 시도를 하면서 죽음도 두렵지 않은 내가 두려울 것이 뭐가 있겠느냐는 마음가짐을 갖게 되었다. 돈을 벌기 위해 온갖 험한 일을 해야 했을 땐 인간의 능력에는 한계가 없음을 깨달았고, 노력해서는 못 할 일이 없음을 배웠다.

그랬기에 식당에서 일해 보지 않겠냐는 권유를 받았을 때, 비슷한 일이라곤 해 보지도 않았으면서 잘할 수 있다는 대답을 했던 것이다. 밥이라고는 할 줄도 몰랐던 내가 요리사에 도전하게 된 것은 이런 연유였다.

당시 엄마는 신분이 없어서 남들처럼 학원을 다니며 요리를 배울 수도 없었고, 누군가의 제자가 되어 배울 수도 없었다. 그저 요리사가 하는 동작들을 어깨너머로 몰래 기억하거나 음식의 맛을 기억해 조미료를 연구할 수밖엔 없었다.

중국 주방의 크고 무거운 가마를 한 손으로 움직이는 건 너무 힘들었지만, 그것마저도 습관이 되어야 했다. 남자들은 여자가 개를 손질하는 일을 한다고 비웃곤 했다. 그러나 살아가야 했기에 날 향한 비웃음마저도 스스럼없이 넘길 수 있었다.

중국 음식의 튀기고 지지고 볶는 모든 순서와 차례를 기억해야 했고, 칼 쓰는 법을 습관화해야 했다. 지금도 내 손은 그때 칼 쓰는 것을 배우느라 얻은 상처로 가득 차 있다. 매일 매일 칼에 베여 손에서 피가 마르는 날이 없었다.

피를 흘리면서 설거지를 했고, 채소를 씻었다. 아프면 주방에 링거를 건 채 주사를 맞으며 일했다. 심지어 중국의 식당은 주말도, 명절도 없다. 1년 365일 휴식 없이 일하는 곳이다. 매일 그 센불 앞에서 움직이지 못하고 음식을 튀기고 지지고 볶고 있으면 머리끝에서 흐른 땀이 몸을 타고 바닥에 고여 물웅덩이를 만들어 내기도 했다.

그런 환경 속에서 일을 배워야 했다. 신분도 없고 자격증도 없으니 오직 더 많은 일을 하는 것으로 사장의 마음을 감화시켜야 했다. 이렇게 고군분투하자, 마침내 나에게도 행운이 찾아왔다. 사장님이 나를 인정해 주기 시작했고, 머지않아 통 크게 주방까지 나에게 맡겨 버린 것이다.

게다가 공안국에서 간부를 하고 있는 제 삼촌을 나에게 소개해 주기까지 했다. 그분은 아무런 걱정하지 말고 잘 살아가라고 나를 안심시켜 주었다. 일이 생기면 제게 연락하라고 하며, 신분증 때문에 걱정하지 말라고 위안도 해 주었다.

그렇게 열심히 살아갔다. 회사 때문에 식당을 돌보기 힘든 사장님 대신 한 식당을 책임지고 일할 수 있는 기회도 주어졌다.

물론 요리사가 되고 싶어 시작한 일은 아니었다. 할 수밖에 없어서 해야 하는 일이었다. 그래도 주방 일은 계절에 상관없이 할 수 있는 일이었다. 오늘 하루 일하고 내일 일을 걱정해야 하는 아르바이트보다는 괜찮았다.

그런 내가 주방장으로, 매니저로 올라갈 수 있었던 것은 '인생의 막바지에서도 살아가야 할 구멍을 찾아야 한다.'는 목표가 있었기 때문이다. 그것은 '아무리 없는 신분이라도 서야 할 자리를 확고히 찾아야 한다.'는 신념과도 상통하는 것이었다.

딸아, 기억해라. 인간의 능력에는 한계가 없다. 하겠다는 결심과 노력만 있으면 무엇이든 못 할 일이 없다는 것을, 엄마는 그때 배웠다. 한국에 자리를 잡은 후 자본주의 경제에 적응하기 힘들어하면서도 끝내 잘 정착할 수 있었던 이유는 바로 거기에 있다. 중국의 어려운 생활 속에서 배운 교훈과 깨달음이 한국 정착의 밑거름이 되어 준 것이다.

세상을 살아가면서 필연적으로 부딪칠 수밖에 없는 달갑지 않은 상황이 있다. 그 상황에서도 합당한 보상의 씨앗을 얻기 위해서는 긍정적인 마음을 가지고 있어야 한다. 긍정적인 마음을 가지고 있을 때 비로소 불행에서 교훈을 얻을 수 있다. 불행을 불행으로 흘려보내지 말아라. 삶에서 원하지 않는 것을 떨쳐 내고, 대신 상황을 끊임없이 원하는 방향으로 끌어가려는 의지를 가져야 한다.

사람들은 대부분 두려움과 근심에 사로잡혀 살아가기 때문에 악순환을 맞는다. 다른 사람에게 잘못을 돌리고, 불행에서 빠져나오지 못하기에 악순환이 끝없이 반복되는 것이다.

사랑하는 딸아. 불행 속에서도 희망의 씨앗을 찾고 그것을 꽃 피워 가려고 노력하면 성공은 찾아오기 마련이다. 지금 잠깐 불행하다는 이유로 자신의 문을 꼭 닫고 내면의 세계에서 빠져나오지 않는다면 성공의 문은 열릴 수 없다.

그 어떤 역경 속에서도 자신의 가능성을 믿어야 하며, 희망을 버리지 않고 미소로 인생을 가꾸어 가야 한다는 것을 나는 시련 속에서 배울 수 있었다.

함께 찾아온 시련과 행운

딸아, 그런 말을 들어 본 적이 있니? 하늘은 시련과 행운을 반드시 같이 준다는 말. 시련에 오래도록 아파하고 있다면, 그건 행운의 포장을 아직 뜯지 못한 것뿐이라고. 우리의 삶은 기나긴 터널 끝에 있을 한 줄기 빛을 위해 전진하는 것과 같다. 하지만 사실 그 터널 안은 수많은 지뢰와 낭떠러지가 앞을 가로막고 있기도 하다.

엄마의 인생도 마찬가지였다. 모든 시련과 아픔을 참고 견디며 '이제는 더 겪을 시련도 없지 않을까?' 하는 생각을 품었을 때 또다시 낭떠러지가 나타났다. 불행히도 시련만이 앞을 가로막았고, 그 와중에 행운의 포장을 뜯기란 쉽지 않은 일이었다.

살아가기 위해 이를 악물고 발버둥 치며 할 수 있는 일, 하지 못할 일을 다 견디고 있었던 그날의 이야기다. 겨우겨우 본전보다 더 많은 이자를 갚아 낸 후, 이제는 평범한 인생을 살 수 있지 않을까 하는 희망에 한숨 쉬려던 찰나였다. 너의 기억에도 어렴풋이 남아 있겠지만, 그날은 엄마의 인생에 또 다른 시련이 찾아온 날이었다.

네가 초중학교에 입학하는 날, 너를 데려다주고 오겠다던 남편이 교통사고를 당했다는 것이다. 전화를 받고 부랴부랴 달려가 보니 많은 사람이 사고 현장을 둘러싸고 있었다.

인파를 헤치고 들어가 보니 네 아빠가 한가운데에 쓰러져 있었다. 나는 산 사람의 뼈를 그때 처음 보았다. 발목이 부러져 나가서 가느다란 가죽에 달랑 매달려 있는 모습. 너무 놀라 앞이 캄캄하고 정신이 가물가물해졌지만 나까지 쓰러지면 안 된다는 생각에 입술을 깨물었다.

사람부터 살려야 한다는 생각을 하자 모든 무서움도 두려움도 뒷전으로 물러가는 듯했다. 응급차를 타고 병원으로 갔는데, 하필 그곳이 너무 작은 병원이었던 터라 응급조치만 해 주고는 큰 병원으로 가야 한다고 했다.

그때도 엄마는 신분증 때문에 자유롭지 않은 처지여서, 우리 가족까지 검열을 피해 시내로부터 멀리 떨어진 곳에 살고 있었다. 그 탓에 응급차로도 6시간을 달려서야 겨우 큰 병원에 도착할 수 있었다. 남편은 곧장 수속을 밟고 수술실로 옮겨졌다.

수술실 밖에서 기다리는 순간이 되어서야 내게도 모든 무서움과 두려움이 닥쳐왔다. 그 사람마저 장애인이 되어 버리면… 눈 먼 시어머니에 한쪽 다리를 못 쓰는 시아버지, 거기다 엎친 데 덮친 격으로 다리를 못 쓰게 된 남편까지 나 혼자 책임져야 하는 것이었다.

모든 것이 이 엄마의 자그마한 어깨를 짓누르는 듯했다. 이제 초중학교에 진학한 너를 데리고 어떻게 살아야 할지 막막했다. 병을 고치는 데 들어갈 어마어마한 치료비까지 떠올리니, 눈앞이 캄캄했다. 웅웅거리는 소리에 귀도 들리지도 않았다.

사고를 낸 사람 역시 아무런 보험을 들지 않은 이였다. 폐차 직전 수준의 자동차로 사고를 냈기에 돈은 없고, 목숨은 하나이니 될 대로 되라는 태도였다. 남편은 무사히 수술을 마치고 실려 나왔지만, 하루에 1만 위안이 넘는 치료비 탓에 그동안 악을 쓰고 모아 두었던 돈이 채 3일도 못 되어 바닥을 보이고 말았다.

나는 매일 울면서 친척이나 친구들에게 돈을 좀 빌려 달라는 전화를 하곤 했다. 그렇게 돈을 구해다 바치며, 남편의 대소변을 받아 내며 50여 일을 지냈다. 퇴원 후 집으로 돌아가 치료를 시작했지만, 집으로 돌아가니 생활은 더욱 막막하기만 했다.

그 추운 동북의 겨울을 이겨 내려면 산에 가서 땔나무를 날라야 했고, 허리가 넘는 눈을 치워야 했다. 움직이지 못하고 누워 있는 남편의 대소변을 받아 내야 했고, 돈을 벌기 위해 식당 일도 해야 했다. 2차 수술 준비를 위한 돈을 마련해야 했고, 생활비도 마련해야 했다. 모든 것이 내 어깨를 짓눌렀다. 하늘도 무심하게 말이다.

너에겐 힘든 티를 낼 수 없었지만, 나는 종종 하늘을 향해 하소연도 해 보았다. 2차 수술비는 내가 책임질 테니 걱정하지 말라고 큰소리치던 시동생. 그가 와이프 생일 선물로 차를 사 주고 나서 제 친형의 수술비는 마련하지 못했다고 했을 때, 나는 '이것이 인간이구나.' 하는 것을 느꼈다. 누군가에게 기대는 것이 아니라, 오직 자신만을 믿어야 한다는 것을 다시 한번 깨달은 것이다.

딸아, 나는 수술비를 마련하지 못해 수술을 연기하면서도 눈물로 베개를 적셨다. 하지만 아픔에 시달리는 남편 앞에서, 아직 어리기만 한 너의 앞에서는 울 수도 없었고 한숨도 쉴 수 없었다. 항상 웃으며 "하늘이 무너져도 솟아날 구멍이 있겠지."라고 남편을, 또 너를 위안하며 나오지 않는 미소를 지어야 했다.

어쨌거나 여기저기에 부탁하고 빌어서 수술비를 마련할 수는 있었다. 남편의 수술은 성공했으나, 그래도 정상적으로 걷기까지는 1~2년의 안정 치료가 더 필요했다. 거기에 다친 부분도 다리였으니, 배운 것이 없어서 힘쓰는 일만 해 오던 사람의 일거리도 문제였다.

내 남은 인생은 그저 그렇게 살아간다 쳐도, 이제 시작된 네 앞날을 생각하면 가슴이 저렸다.

그렇게 마음고생을 하고 있던 내게도 드디어 행운이 찾아왔다. 알고 지내던 탈북자 언니가 3년 전 홀연히 종적을 감춰 걱정하며 찾았었는데, 이제야 전화가 온 것이었다.

"여보세요. 누구시죠?"

"나야! 호연이 엄마야."

"아니, 언니! 지금 어디예요? 걱정돼서 정신없이 찾았잖아요. 도대체 지금 어디예요?"

"나 지금 한국이야. 한국에 도착한 지 3년 됐어. 그동안 연락하지 못해서 미안해."

"언니, 너무하시네요. 귀띔이라도 해 주지… 어디로 갔는지 몰라서 북송이라도 됐나 걱정했어요."

"미안해, 그렇게 됐어. 참, 너 한국에 오고 싶은 생각 없니? 올 생각 있으면 내가 길을 알아볼게."

"언니… 가고 싶어요. 꿈에라도 가고 싶죠. 그런데, 얼마 전에 남편이 차 사고를 당해서 지금 병원에서 간병 중이에요. 언니, 미안한데 부탁 하나만 할게요. 한 반년쯤 후에 다시 연락해 줄 수 있어요?"

"그래. 그럼 반년 후에 다시 연락할게."

"고마워요, 언니."

약속한 반년을 기다리는 동안 나는 끝없는 고심에 휩싸이게 되었다. 혹시 반년 후에 연락이 안 오면 어쩌지? 한국에 가다가 붙잡혀서 북송되면 하나뿐인 딸은 어떻게 될까? 내가 죽으면 불구가 된 아버지를 모시며 평생을 고생하게 될 네가 불쌍했다. 상상만 해도 애처로운 그 모습이 마음을 갈기갈기 찢었다.

그러나 아무것도 하지 않고 이대로 운명을 받아들이기에는 너무도 억울했다. 한국행은 내가 십몇 년을 찾아왔던 길이고 지푸라기였다. 자유를 찾고 사람답게 살기 위해서는, 그리고 너에게 희망을 안겨 주기 위해서는 언젠가 가야만 하는 길이었다.

딸아, 인생은 갈림길로 이어져 있다. 어떤 길을 선택하느냐에 따라 행복과 불행이 결정된다. 어디가 불행인지 행복인지 몰라 두려워하며 주저앉으면, 인생은 거기에서 끝이 난다.

그래서 엄마는 일어서야만 했다. 모험의 길을 선택해야만 했다. 중국이 그렇게 좋다는 소문만 듣고 중국으로 떠났다가 불행의 구렁텅이에 빠져들어 헤어 나오는 데만 까마득히 많은 시간을 바쳤다. 그래도 이것 역시 모험이었다.

나는 다시 모험의 길에 들어섰다. 가다가 잡히면 북송되어 죽을 수도 있는 길이었고, 한국이 그렇게나 좋다지만 막상 그곳이 정말 어떤지는 나도 알 수 없는 길이었다. 그래도 가야만 했다. 중국은 타향이지만, 한국은 같은 말을 쓰고 같은 역사를 가진 나의 조국이었다. 그 사실이 나를 붙들어 일으켜 세웠다.

오랜 시간 찾아온 길. 가는 길이 없어 못 가고 주저앉아 울어야 했던 그 길. 끝끝내 포기할 수 없었던 그 길을, 죽음을 각오하더라도 한 번은 가 봐야 편히 눈감을 수 있을 것 같았다. 자유와 민주가 주어진다는 그곳을 찾아 나도 한 번쯤은 용기를 내어 가 보고 싶었다.

하늘은 반드시 시련과 행운을 같이 준다고 했다. 혹시 이 길이 하늘이 나에게 준 행운의 길이 아닐까? 하늘이 준 행운의 문을 용기가 없어 넘어서지 못한다면, 내가 그렇게 갈구하던 희망은 물거품이 되는 것 아닌가?

행운은 언제나 준비된, 용기 있는 사람에게 찾아온다. 인생의 성공은 언제나 하늘이 준 행운의 포장을 뜯을 준비와 용기를 가진 사람에게 찾아오는 것이다.

다시, 또다시 도전하다

내 딸, 너도 그런지 모르겠다. 사람들은 살아가기 힘들면 우선 하늘에 도와 달라고 빌기부터 한다. 나도 하늘에 대고 빌어도 보았고, 하늘도 무심하다고 원망도 많이 했다. 너무 힘들어서 다시는 일어나지 못할 것 같을 때도 하늘은 왜 이렇게 무심한가 원망하며 도와 달라고 손을 모아 빌기도 했다.

어머니를 잃은 후 죽음을 각오하고 압록강을 넘을 때도 그랬다. 알지도 못하고 믿지도 않는 하나님께 살려 달라고 빌었다. 죽음을 선택하고 자살을 시도할 때도 하늘을 원망했고, 가련한 내 신세를 한탄했다.

북한에서 배급을 받으며 살았을 땐 미신이라며 신경도 쓰지 않았다. 그러나 살기가 힘들어지자 사람들은 몰래몰래, 또는 대놓고 사주팔자를 보러 다녔다. 장사를 떠나도 우선 사주팔자부터 보고 나서 길을 떠날 정도였다. 그러면서도 신이 무엇인지, 정말 있는 것인지 몰랐다.

나 역시 하나님이 있는지 없는지 관심조차 가지지 않았으면서, 힘들면 하늘을 원망했고 도와 달라고 살려 달라고 빌기도 했다. 그러나 그 험한 세상을 외롭고도 괴롭게 살아갈 때, 나에게 손을 내민 것은 하나님이었다.

누구도 몰라주고 누구도 손을 내밀어 주지 않았던 삶이다. 내가 왜 태어났는지, 왜 이런 고생을 하며 살아야 하는지도 모르고 살아온 인생이었다. 그런 내게 '너 역시 사랑받기 위해 태어난 존재다.'라고 따뜻하게 손을 내밀어 이끌어 주신 분들이 있었다. 그들이 바로 하나님이 보낸 선교사님들이었다.

딸아. 나는 그들을 통해서 사랑에는 두려움이 없음을, 완전한 사랑은 두려움도 내쫓을 수 있음을 배우게 되었다.

한국행에 성공한 언니의 전화를 받고 나서, 나는 중국의 산골에서 떨리는 마음으로 한국을 꿈꾸며 약속한 반년 후를 기다렸다. 그러면서도 많은 스트레스로 잠을 제대로 이룰 수가 없었다.

나는 잠이 든 너의 얼굴을 물끄러미 내려다보며 '다시 내 딸을 볼 수 있을까.' 하는 생각에 잠기곤 했다. 그럴 때면 나도 모르게 눈물이 흘러 볼을 적셨다. 나는 잠자는 네 볼을 쓰다듬으며 마음속으로 말하고 또 말했다.

'수연아. 너를 두고 떠나는 엄마를 원망하지 마라. 이 길이 기약 없는 길이기에, 너를 데리고 떠날 엄두도 내지 못하는 엄마를 용서해라. 그러나 엄마가 어떤 수단과 방법을 다해서도 성공할 것이니 기다려 다오. 너에게만큼은 꽃길 같은 인생을 마련해 주고 싶기에, 죽을 고비를 헤치는 길이 될지라도 죽음을 각오하고 떠나는 엄마를 이해해 다오. 이 길이 사랑하는 내 딸을 다시 못 보는 길이 될지라도, 수연아. 엄마를 원망하진 말아 다오. 너를 사랑하니까, 너무너무 사랑하니까 죽기보다 더 힘든 길을 택하는 이 엄마의 심정을 이해해 다오…'

너는 모를 것이다. 매일 밤 너를 바라보며 마음속으로 속삭이곤 했던 시간을.

어느 날, 나는 긴 고민 끝에 동서에게 전화를 걸었다.

"동서, 내가 꼭 할 말이 있어 전화했으니 듣고만 있어 줘요. 아무리 생각해도 이렇게는 잘살 날이 올 것 같지 않아요. 아무리 노력해도 도루묵만 되는 인생이 끝날 것 같지 않아요. 지금 나에게는 갈림길이 놓여 있어요. 모험에 성공하면 희망이 보여요. 그래서 난 모험을 하기로 했어요. 만약 내가 집에서 나간다면 한국에 가는 길을 택한 것이니 그렇게 알아 줘요. 동서, 제발 막지 말아 줘요. 모르는 척해 줘요. 내가 전화한 건, 만약 내가 다시 돌아오지 못할 때 수연일 부탁한다는 말을 전하고 싶어서였어요. 나 대신 수연이를 사랑해 줘요. 엄마 없는 불쌍한 애라고 생각하고 부탁해요. 그리고 애가 다 커서 어른이 되면 그때 일러 줘요. 엄마가 너를 사랑했다고… 너무너무 사랑해서, 너를 위해서는 죽음의 길도 두렵지 않게 갈 수 있었다고. 그러니 꼭 행복해야 한다고… 엄마 몫까지 합쳐서 행복해야 한다고 일러 줘요."

훗날 내가 한국에 무사히 발을 디디고 하나원*을 통해 중국에 연락을 취한 적이 있었다. 동서는 "어제 꿈에 조롱 속의 새가 훨훨 날아가는 꿈을 꾸었는데, 형님에게서 전화가 왔네요." 하면서 축하한다는 말과 함께 어쩔 줄 모를 정도로 기뻐했다.

그는 그때 나의 전화를 듣고 '설마…' 하고 생각했단다. 정말로 집을 떠나 한국행을 할 거라곤 생각지 못했다고. 그러나 머지 않아 내가 정말 집을 떠났다는 소식을 듣고, 문득 전화 속 목소리까지 떨렸던 나의 마음을 이해할 수 있었다고 한다. 부디 성공하기를 두 손 모아 빌었다고 한다.

다시 중국에서 살던 날의 이야기로 돌아와, 어느 평범한 날이었다. 탈북자들을 돕기 위해 일하고 있는 선교사님으로부터 한 통의 전화를 받았다. 그는 한국에 있는 언니에게서 소개를 받았다며, 내게 한국에 갈 의향이 있는지를 물어보았다. 나는 이야기했다. 한국에 가고 싶은데 어떻게 해야 하느냐고, 도와달라고.

그러자 선교사님은 지금 있는 곳에서 청도까지 나와야 하는데, 혼자서 나올 수 있겠느냐고 물어보았다. 그동안 그렇게 멀리까지는 가 본 적이 없었지만 그래도 가야 했다. 그것이 한국으로 갈 수 있는 길이라면 가겠다고 대답했다.

그렇다면 당장 내일모레 떠나라는 선교사님의 말에 깜짝 놀

★ 탈북 주민들의 사회 정착 지원을 위하여 설치한 통일부 소속 기관

랐다. 아니, 아무런 준비도 없이 어떻게 길을 떠나겠냐고. 당황한 내게 선교사님은 말했다.

"아무런 준비도 필요 없어요. 우물쭈물하다가는 떠나지 못해요. 대담하게 있는 대로 준비해서 떠나야 올 수 있어요."

이 엄마는, 그렇게 집을 나섰다. 아무런 준비도 없이, 너를 학교에 보내 놓고, 남편은 동네 이웃집에 놀러 보내 놓고.

그날도 책가방을 메고 학교에 가는 너를 마당 앞까지 바래다주던 게 생생하다. 너의 얼굴을 한 번이라도 더 머릿속에 새겨 놓고 싶었다. 아무것도 모르고 "엄마, 안녕!" 하고 종종걸음으로 뒤돌아 가는 너를 보며, 나도 '우리 수연이, 안녕.' 하고 마음속으로 부르짖었다.

이렇게 하나님의 부르심을 받은 선교사님을 통해 온갖 고초를 겪으며 살았던 인생의 막바지 구렁텅이에서 빠져나올 수 있었다. 사랑이라는 이름의 손길이었다.

딸아, 나는 하나님을 알지도 못했고 원망과 하소연을 하며 살아왔다. 그러나 하나님은 나를 버리지 않고 한 발자국 한 발자국 자신의 계획대로 선택하며 나를 인도해 주셨다. 가난으로부터 집안을 살리려고 압록강을 건넜지만 꽃다운 나이에 중국 산골로 팔려가 버렸고, 그 뒤로 일어나는 모든 일은 비극뿐이었다.

그 세월은 내게서 세상을 살아갈 용기를 모두 빼앗아 갔다. 이것이 내 인생이라고, 그러니 죽지 못할 인생 용기 내어 살아가야만 한다고 나를 위안했다. 그럼에도 가슴속에는 혹시 모를 작은 희망을 품고 하루하루를 살아왔다.

　그런 나에게 손을 내밀어 준 분들이었다. 그렇게 비참하기만 한 것이 네 인생은 아니라고, 너도 사랑받기 위해 태어난 사람이라고. 그 사랑을 느낀 나는 감격에 목이 메었고, 그분들을 나에게로 보내 준 하나님을 알고 싶어진 것이었다.

　자신의 지난날이 찬란했든, 슬픔과 아픔으로 얼룩져 있든 중요하지 않다. 그것은 결국 과거에 불과한 것이므로.

　기억했으면 좋겠다, 사랑하는 딸아. 어제는 돌아오지 않는다. 우리는 오직 오늘을 살고 있고, 내일을 위하여 살고 있다. 현재를 개선하고 내일을 위해 노력할 때 인생은 빛날 것이다. 모든 하루가 아름다운 그림으로 그려져 나아갈 것이다.

　하루하루를 후회 없이 살기 위해 노력하면, 그 하루가 한 조각의 아름다운 그림으로 탄생할 것이다. 그렇게 모여 엮인 그림이 바로 인생인 것이다.

조금씩 되찾은 사람의 삶

4장

자유를 향한 3박 4일

나의 딸, 너에게 말해 주고 싶은 것은 한없이 많다. 이번 편지에서는 인간의 능력이 무한하다는 것, 그러니 뭔가를 할 수 있을 때 당장 꿈을 품고 시작해야 한다는 것, 새로운 일을 시작하는 그 용기 속에 인간의 능력과 기적이 숨어 있다는 것을 이야기해 주고 싶다.

우선 시작을 했다면 절반은 성공한 것이다. 우리에겐 시작의 용기가 필요하다. 어떤 사람들은 실패의 두려움과 불안으로 시작할 용기를 내지 못하기에 정상에 오르지 못한다.

엄마 역시 '만약 공안에 잡히면 북송될 것'이라는 두려움을 이기지 못하고 하루하루 되는 대로 숨어 살던 나날이 있었다. 그런 날엔 선뜻 다른 길을 선택할 용기를 내지 못했다. 하지만 인생의 막바지에서 아무런 희망도 보이지 않을 때, 비로소 시작이라는 용기를 낼 수 있었다.

엄마가 겪어 보니 희망이 없는 인생은 아무런 의미도 없는 것과 마찬가지였다. 내 인생을 그렇게 묻어야 한다는 것이 너무 아팠다. 한 번쯤은 나도 희망을 향한 용기를 내고 싶었고, 그 끝이 어디든지 후회 없이 가 보고 싶었다. 그래서 모든 것을 뒤에 두고 또다시 모험의 길에 나설 용기를 낼 수 있었던 것이다.

중국 동북의 제일 끝, 러시아와 고작 강 하나를 사이에 두고 있는 곳에서 엄마는 아무런 신분증도 없이 혼자 청도까지 떠나야 했다. 집을 떠난 직후에도 뒤에서 누군가가 나를 잡으러 쫓아올까 무서워했던 게 아직도 생생하다. 그 탓에 하루에 한 번밖에 없는 하얼빈행 버스 대신, 어디로 가는지도 모르는 버스를 무작정 잡아 올라탔다.

버스를 타고 가면서 나는 남편에게 문자를 남겼다. 지금 한국으로 돈을 벌러 가니, 집에서 딸을 잘 돌보며 기다리라고. 지금 우리 집 형편에서 어떤 희망을 보고 살아갈 수 있겠느냐고. 사랑하는 딸, 너의 앞날을 위해서라도 이 길을 가야겠다고 했다.

곧 그에게서 전화가 뒤따라 걸려 왔다. 지금 어디냐는 물음에 버스를 타고 가는 중이라고 대답했으나, 그는 믿지 않았다. 지금은 하얼빈행 버스가 출발할 시간이 아니라던 그는 어디에 숨어 있든지 일단 집으로 다시 들어오라고 애걸복걸했다. 아마 친척이나 친구들을 동원해 나를 찾으려 했으나 찾지 못한 것 같았다. 전화에 대고 돌아오라고 사정하는 남편의 목소리 틈으로 울면서 엄마를 찾던 네 목소리도 들려왔다. 나도 어린 너의 울음소리에 가슴이 미어졌으나 일단 떠나온 길 끝까지, 그 끝이 어디든 한 번쯤은 나를 위해 선택하고 싶었다.

사실은 너에게 전화로 몇 마디 말을 했을 때 목이 메어 한 마디를 뱉기도 힘들었다. 그저 아빠 말 잘 듣고 엄마를 기다리라고 하면서, 엄마가 자리를 잡으면 꼭 너를 데리러 오겠다고 약속할 수밖에.

남편은 나와 함께 탈북했던 친구가 끝내 잡혀서 북송되었던 것, 그 이후 다시는 소식조차 알 수 없었던 것을 경험한 사람이어서 그 상황을 몹시 두려워했다. 모든 친척이 내게 전화를 걸어 왔다. 그들은 하나같이 죽을 길 가지 말고 돌아오라고 설득을 했다.

그러나 딸아, 너만은 이해해 주길 바란다. 나는 죽더라도 희망이라는 지푸라기를 놓고 싶지 않았다. 자유의 나라라는 한국에 가 보고 싶었다. 그 자유라는 것을 나도 한 번쯤은 찾고 싶었다. 신분을 가지고 떳떳이 살고 싶었다. 누군가의 비위를 건드렸다가 고자질이라도 당할까 봐 하고 싶은 말도 하지 못하고, 하고 싶은 일도 하지 못하며 숨어 살다가 끝내 이국땅의 한 줌 흙이 되고 싶지는 않았다.

이 길만 성공하면 나도 자유를 만끽하며 남은 평생을 행복하게 살아 볼 수 있었다. 만약 이 길이 성공하지 못하여 도중에 잡혀 죽더라도, 오직 내 희망을 위해 용기를 낸 순간이 있었다는 것으로 만족할 수 있을 것 같았다.

그렇게 무작정 탔던 버스가 멈춘 곳에서 하얼빈까지, 또 심양까지 버스를 타고 또 타며 이동했다. 신분증이 없어 여관에도 묵지 못할 뻔했으나, 어느 택시 기사가 돈을 두 배로 받고 버스표를 끊어 주며 숙소도 함께 잡아 준 덕에 묵을 곳은 있었다.

우여곡절 끝에 최종 목적지인 청도로 향하는 버스를 탔을 때였다. 심양을 벗어나는 길목 초소에서 신분증 검사를 하고 있었는데, 신분증이 없는 나만 딱 걸려 잡히고 말았다. 순간 앞이 아득했다. 어디에도 도움을 요청할 곳이 없었다. 나는 그저 '주님, 살려 주세요!' 하고 마음속으로 부르짖을 수밖에 없었다.

공안국 초소에 잡혀 들어간 나는 온몸에 식은땀이 흘렀으나, 호랑이 굴에 들어가도 정신만 차리면 산다는 속담을 생각하며 묻는 말에 최대한 차분히 대답했다. 그들은 남편과 딸의 신분증 번호를 물어보았고, 핸드폰으로 남편과 통화를 하며 내 신분을 확인했다.

그들은 신분증이 없으면 일자리를 구하기 힘들기 때문에 청도에 가더라도 아무것도 할 수 없을 거라고 말했다. 다시 돌아가라는 권고였다. 그러나 딸아, 나는 그럴 수 없었다. 여기까지 죽을 힘을 다해 왔는데, 이제 와 돌아서는 건 죽는 것보다 싫었다. 나는 뻔뻔한 척을 하며 공안에게 이야기했다.

"당신은 공안이니까 돈이 많겠네요? 난 돈이 없어서 구정이 다가오는 이 추운 날, 이렇게 돈 벌러 가는 길에 오르지 않으면 안 되는 신세예요. 금방 전화를 해 봤으니 알겠지만, 남편이 차 사고로 자리에서 일어나지도 못하고 있어요. 구정은 다가오는데 너무 추워서 일자리 구하기도 힘들어 돈을 벌지도 못하고요. 그래서 전전긍긍하던 와중에 친구가 운 좋게 청도에 일자리가 생겼다고 해서 가는 길이에요. 솔직히 나도 이렇게까지 먼 길 떠나본 적은 없어서 무서워요. 산골에서 가족들 밥이나 해 주던 사람이 오죽하면 이 길을 떠났겠어요? 정 내가 돌아가길 원한다면 당신들은 공무원이니 죽어가는 사람 도와주는 셈 치고 돈이나 좀 주세요. 그럼 난 그 돈 가지고 구정이나 쇠러 집에 가렵니다."

공안은 내 말에 어처구니없다는 표정을 짓더니 나를 위아래로 훑어보고는 마침내 손을 휘두르며 보내 주었다. 안간힘을 다해 태연한 척 버스까지 돌아오기는 했지만 온몸은 이미 진땀으로 젖어 있었고, 무릎의 힘은 다 빠진 후였다. 버스에 오를 힘도 없어 그 자리에 주저앉고 말았다.

결국 나를 지켜보던 버스 운전사가 내려와 부축해 버스에 오를 수 있었다. 그는 신분증을 잃어버렸느냐고 물으며 걱정하지 말라고, 이제는 신분증 검열하는 곳이 없다고 위로를 건넸다. 나는 속옷까지 식은땀으로 푹 젖은 채 온몸을 두 팔로 꼭 부둥켜안고 그저 '주님! 감사합니다.'라고밖에 말할 수 없었다.

이렇게 기적적으로 공안의 손에서 빠져나와 청도까지 무사히 갈 수 있었다. 비로소 도착한 청도 버스 역에서, 선교사님이 나를 기다리고 계셨다.

3박 4일에 걸친 여정이었다. 엄마는 이렇게 가슴 조이는 여행을 해야만 했다.

지금 생각해도 온몸에 식은땀이 흐른다. 하지만 중국 동북의 끝에서 청도까지 떠나온 여정을 통해 결국 많은 것을 얻기도 했다. 딸의 더 나은 인생을 위해, 그리고 나 자신을 위해 목숨을 걸고 떠나온 여정이 한국으로 가고자 하는 내 절실함을 다시 한번 느낄 수 있게 해 주었다. 더 중요한 것은, '자유를 찾아가는 길은 그 누구도 막을 수 없다.'는 확고한 신념을 얻었다는 것이다.

딸아, 기억하길 바란다. 불안은 누구에게나 찾아온다. 우리는 생이 끝나는 그 순간까지 불안과 함께 걷게 될지도 모른다. 외로움, 불안감, 두려움 속에서도 내가 타고 있는 인생의 배의 키를 붙잡고 놓지 않는다면 가고자 하는 인생의 목적지가 어디든지 갈 수 있을 것이다. 그 길이 꼭 가야만 하는 길이라면 불안과 두려움이라는 친구를 토닥이며 꿋꿋이 목표를 향해 전진해라. 그러면 불안과 두려움도 너에게 길을 비켜 줄 것이다.

삶은 불안과 두려움의 연속이지만, 그것을 극복하는 것은 오직 자기 자신에게 달려 있다. 누구도 대신해 주지 못하는 것이 자신의 삶이고 인생이다.

완전한 사랑을 만나다

딸아, 오늘도 너에게 이야기를 들려주기 위해 책상 앞에 앉았다. 엄마의 인생을 다시금 그릴 때 빼놓을 수 없는 것이 있다. 바로 하나님의 사랑이다. 막막한 인생의 막바지에서 한 줄기 희망의 빛을 준 것도 하나님의 사랑이었고, 나와 동행하며 자유의 한국까지 무사히 불러 주신 것도 그의 사랑이었다.

북한에 살던 시기, 어린 여자아이가 엄마를 살리겠다고 조선 팔도를 헤매고 다닐 때도 그러했다. 있는 줄도 몰랐던 사랑이 나를 지켜 주고 있었던 것이다. 압록강을 건널 때의 그 짙은 안개도, 죽음만이 살 길이라는 생각에 자살을 시도했을 때 그 밧줄을 끊은 손길도 차마 의식하지 못했던 사랑의 손길이었다. 이 엄마가 힘들고 어려워 살기 힘들 때 무의식중에 기댔던 곳은 하나님이었으며, 믿음도 없이 부르짖는 목소리에 대답해 주신 것도 결국 그 사랑이었다.

중국 동북의 끝에서 청도까지 신분증도 없이 혼자서 걸어야 했던 여정, 그 기적 같은 시간도 사랑이 나와 동행했기에 이루어질 수 있었던 것이다. 공안국에 잡혀 이젠 다 끝장이라고 단념한 채 주님만을 불렀을 때, 용기를 잃지 말라고 힘과 지혜를 준 것도 바로 그 사랑이었다.

엄마가 한국에 가겠다는 일념 하나로 그 어려운 길을 걸어 청도에 도착했을 때 나를 맞아 주신 분은 선교사님이었다. 나를 이끄는 선교사님을 따라 아파트에 들어가니 그가 말했다. 이곳에서 3개월간 성경 공부를 해야 한국으로 보내 주겠다고.

그때 심정으로는 3개월은커녕 하루, 한 시간, 아니 1분도 길어 보였다. 잡히면 끝장이라는 두려움과 불안, 하루라도 빨리 한국으로 가고 싶은 마음이 불같은데 3개월을 머물라니… 당최 납득할 수 없는, 말도 안 되는 소리였다. 그러나 딸아, 여기가 아니면 나에겐 한국으로 갈 다른 길이 없었다.

"3개월은 너무하지 않나요? 그럼 과제를 주세요. 어느 정도를 해내면 보내 준다는 목표를 주고, 그 과제를 해냈을 때 보내 주시면 되잖아요."

내 말에 선교사님은 웃으며 놀라는 표정을 지었다. 지금까지 많은 사람을 공부시켜 한국으로 보낸 분이었다. 한 시라도 빨리 보내 달라고 사정하고 떼를 쓰는 사람은 많았지만, 과제를 달라며 빨리 그걸 해치우고 한국으로 가겠다는 사람은 처음 본다는 것이었다.

잠시 고민하던 그가 내놓은 제안은 이것이었다. 성경 10독을 마치고 성경 구절 50개를 암송할 수 있을 때 한국에 보내 주겠다는 것.

딸아, 그것이 얼마나 힘든 과제인지 네가 알까 모르겠다. 성경은 1년 동안 1독조차 하기 어려운 것이다. 그런데 10독을 하라니, 나를 놀리는 건가 싶을 정도였다. 그 탓에 나는 선교사님께 그런 엄두도 안 나는 얘기를 어떻게 하느냐며 대들기도 했다.

하지만 선교사님은 4일이면 1독을 할 수 있다며, 컴퓨터로 할 수 있는 1.8배속 성경 통독을 가르쳐 주셨다. 그럼에도 내가 그의 말을 믿지 않자, 선교사님은 나를 데리고 7시간 48분에 걸쳐 신약 성경 1독을 통독해 보였다. 그제야 나는 선교사님의 말에 머리를 숙일 수밖에 없었다.

결국 울며 겨자 먹기로 성경 통독을 시작할 수밖에 없었다. 하지만 마음속으로는 반발심이 들었다. 선교사님은 내가 무언가를 물어보면 항상 이렇게 대답했다.

"나에게 묻지 마라. 하나님께 물어봐라. 주님을 뵙기 위해서는 2,000여 년 전으로 돌아가거나 성경을 읽는 수밖에 없다. 하지만 우리가 2,000여 년 전으로 돌아갈 수는 없지 않은가? 그러니 주님을 알고 주님의 말씀을 들으려면 오직 성경을 통독하는 한 가지 방법밖에 없다."

선교사님은 성경 1독을 하면 주님을 한 번 만나 뵙는 것이나 다름없다며, 주님을 믿고 의지해야 한국으로 가는 그 사선의 길을 무사히 갈 수 있다고 했다. 하지만 누군가가 옆에서 나를 아무리 타이르고 일깨워 주려 해도 그때는 모든 것이 시끄럽게 느껴졌을뿐더러 한시가 급하기만 했다.

그랬던 마음에 서서히 변화가 찾아왔다. 성경 1독, 2독을 하면서 정말로 성경에 빠져들기 시작한 것이다. 언제나 불안하고 비어 있는 듯했던 마음이 성경 통독을 하면서 점차 채워지기 시작했다. 언제부터인가 나도 모르게 마음의 평안이 찾아왔다.

한국에서 들어오신 네 분의 선교사님들과 함께 성경을 통독하고, 기도하고, 암송하면서 비로소 집에 온 것 같은 행복을 느꼈다. 어머니처럼 밥상을 차려 주며 한술이라도 많이 먹으라고 인자하게 바라보시던 선교사님, 무엇을 좋아하는지 물어보며 간식을 챙겨 주시던 선교사님, 친형제처럼 손목을 잡고 찬양하며 긴 시간을 함께 앉아 성경을 통독해 주시던 선교사님. 나는 그들 속에서 사랑을 보았다. 그리고 그 사랑이 바로 하나님이라는 것을 깨달았다. 나를 위한 완전한 사랑, 육체뿐만이 아닌 영혼까지의 완전한 사랑이 바로 주님이었다.

이렇게 성경을 통독하고 암송하며 주님을 알아 가던 어느 날, 선교사님이 내게 말했다. 이제 태국을 통해 한국으로 떠날 준비를 하라고.

그렇게 하루라도 빨리 가고 싶던 길이었으나, 막상 떠날 날이 다가오니 또다시 두려움과 불안이 앞섰다. 딸아, 이 엄마는 너무도 무서웠다. 그러나 선교사님들은 불안해하는 내 손을 붙잡고 주님이 함께하시니 걱정하지 말라고, 주님만 붙잡고 기도로 나가면 꼭 한국에서 만날 날이 있을 거라고 내게 용기를 주었다.

그들은 짐 싸는 것을 도와주고 간식과 차비까지 챙겨 준 뒤 말했다. 태국에 가면 너무 아끼지 말고 먹고 싶은 것을 사 먹으면서 기다리다가 한국까지 무사히 들어가길 바란다고. 그리고 언젠가 한국에서 만나자고 나를 부둥켜안으며 기도해 주었다. 그렇게 선교사님들을 떠나 브로커에게 인계된 것이다.

나는 브로커의 도움을 받아 건명까지 가는 버스를 탄 후 2박 3일을 줄곧 이동했다. 그 시간 동안 무사히 목적지에 도착하게 해 달라고 기도를 하며 보냈다. 건명에서는 또다시 동행자들과 함께 밤을 새며 달리고 달렸다. 초소를 지날 때는 마음이 한 줌만큼 작아져 눈을 꼭 감고 하나님께 살려 달라고 부르짖었다.

한번은 국경을 넘는 초소를 지났는데, 동행인들이 중국말을 할 줄 모르는 탓에 벙어리 역할을 맡고 그나마 중국말을 조금 할 줄 아는 내게 대답을 맡겨 버렸다. 초소에 가까워질수록 내 마음은 두려움으로 점점 무거워졌다. 부디 별다른 문제없이 지나가게 해 달라고 마음속으로 애원하고 애원했다.

그러던 찰나, 뒤쪽에서 따라오던 크나큰 냉동차가 별안간 속도를 내 앞으로 달리더니 초소 앞을 가로막고 서 버렸다. 우리 차의 브로커 운전사는 이때다 싶어 속도를 높여 초소를 지나가 버렸다. 그는 정말 운이 좋았다는 말과 함께, 이제는 초소도 모두

지나왔으니 걱정하지 말라고 위안하며 숨을 크게 내쉬었다.

　이렇게 아슬아슬한 고비들을 수없이 넘기며 라오스의 산도 넘었다. 조금만 수상쩍은 상황이 생겨도 산속에 엎드려 꼼짝도 못하고 숨도 크게 못 쉬며 밀고 당기고 서로 위안하며 그 산을 넘었다. 지금도 그때 일을 생각하면 온몸이 굳어진다.

　지금도 믿기지 않는다. 딸아, 너를 위해 이러한 여정을 버텨 낼수 있었다. 산을 넘고 강을 건너며, 무사히 태국에 도착한 뒤에는 현지인들의 도움을 받아 태국 경찰서까지 갈 수 있었다. 그곳에서 서류를 작성하고 불법 입국으로 벌금을 내던 도중에 한국 대사관에서 전화가 왔다. 핸드폰을 통해 "오시느라 고생했습니다."라는 상냥한 한국말이 들려와, 목이 메고 눈물이 앞을 가리는 것을 느꼈다.

　그는 내게 어디로 가려고 하느냐고 물었다. 나는 그게 무슨 소리냐고, 조국으로 가려고 왔는데 우릴 보고 어디로 가라고 하는 말이냐고 되물었다. 그러자 그분은 차근차근 설명해 주었다. 미국이나 다른 국가로도 갈 수 있기에, 혹시 다른 곳으로 갈 의향이 있는지 물었다는 말이었다. 한국으로 가고자 하는 우리의 뜻은 잘 알았다고, 우선 방콕에서 보자는 말에 '이제는 안전하니 마음 놓고 절차를 따라 방콕까지 무사히 오기를 바란다.'고도 덧붙였다.

　방콕 국제 이민 수용소에서 온갖 절차를 밟은 후 한국으로 가는 비행기를 탔다. 그렇게 무사히 인천 공항에 내리게 되었으며,

마침내 보호 센터에 도착했다. 그래도 도저히 믿어지지 않았다. 한국에 도착했다는 것이 꿈만 같았다.

　사랑하는 내 딸, 여기까지가 한국을 향해 온 엄마의 길고 고단한 여정이다. 이렇게 단 한 번, 나 자신을 위해 선택한 길에서 승리한 것이다. 목숨을 건 모험의 길에서 성공했다. 이 길의 끝이 어디인지는 모르겠지만, 첫발을 내딛는 용기를 내어 결국 성공했다.

　이제 한국인이라는 국적을 가지고 떳떳이 살 수 있는 곳에 도착한 것이다. '자유의 나라'라는 자본주의 경제 사회에서 온갖 경쟁을 이겨 내고 한국에 정착한다는 것이 쉬운 일은 아닐 것이다. 그러나 첫걸음에 성공한 것만으로도 나는 내 삶의 도전에서 승리한 것이나 마찬가지다.

　항구에 닻을 내린 배는 파도 속에서 항해하는 배보다 안전할 것이다. 그러나 기억했으면 좋겠다. 인생의 쪽배는 항구에 닻을 내린 배가 되어선 안 된다. 언제든지 파도를 헤치며 인생이라는 물결을 타고 항해해야 한다. 파도 속 한 줄기 등대의 빛을 향해, 용감하고 굳세게 거센 파도를 헤쳐 갈 때 행복이라는 항구가 나를 반겨 줄 것이다.

낯선 이름, 꿈과 희망

인류의 현자 마하트마 간디는 이렇게 말했다.

"인간은 오직 사고의 산물일 뿐이다. 인생은 생각하는 대로 되는 법이다. 당신의 믿음은 당신의 생각이 된다. 당신의 생각은 당신의 말이 되고, 당신의 말은 당신의 행동이 된다. 당신의 행동은 당신의 습관이 되고, 당신의 습관은 당신의 가치가 된다. 그리고 당신의 가치는 결국 당신의 운명이 된다."

내 딸, 너에게는 이 말이 어떻게 다가올지 모르겠지만 나는 이 글을 읽을 때 많은 생각을 하게 되었다. 믿음은 생각이 되고, 생각은 말이 되며, 말은 행동이 되고, 행동은 습관이 되어 결국 내 인생의 가치이자 운명이 된다는 말은 우리의 인생을 한 폭의 그림으로 보여 주는 명언이다. 자신의 인생을 성공적인 유화로 그려 나가려면, 자유롭고 행복해지겠다는 믿음으로 생각하고 행동하는 습관을 들여야 한다.

이 엄마는 국정원 보호 센터에서 인생 처음으로 한가로운 시간을 갖게 되었다. 언제나 쫓기고 달리면서 분주히 살아온 나에게 휴식 시간이 생긴 것이다. 그 시간 동안 마음을 누그러뜨리며 앞날에 대해 생각하기 시작했다. 국정원의 선생님들은 이제 자유의 한국에 왔으니 마음껏 꿈을 꾸고 포부를 갖고 희망을 꽃피워 보라고 일러 주었다.

그러나 내게도 과연 꿈이나 희망이 있는 걸까? 꿈, 희망 같은 것들은 북한에서 하루 세끼를 위해 발버둥 칠 때 깨어진 지 오래였다. 또한 그나마 남은 것들도 중국에서의 지옥 같은 생활 중에 물거품처럼 사라져 버리고 말았다. 그런데 이제 와 꿈을 꾸고 희망을 찾으라니, 도대체 내가 무엇을 할 수 있을지 막막하기만 했다. 중국에서 오래 산 덕에 중국어를 조금 할 줄은 아는데, 이게 밑천이 될까? 어린 시절 북한에서 배운 것은 이미 오랜 세월이 지나 잊을 대로 잊어서 써먹을 수도 없었다.

대한민국은 자본주의 경제 체제여서 '한 것만큼 먹을 수 있는 곳'이란다. 그러나 나로서는 이미 어릴 때부터 경쟁 사회에서 온갖 노력을 다하며 살아온 한국인들과 경쟁해야 하는 처지였다. 보이지 않는 경쟁을 이겨 내야만 살아갈 수 있는 이 사회에서 내게 주어진 조건은 무엇일까 생각해 보았다. 내게 주어진 건 무조건 행복해져야 한다는 굳은 신념과 천 번 쓰러지면 천 번 하고도 한 번 더 일어날 수 있는 용기밖에 없었다.

그렇다. 딸아, 나는 오랜 생각 끝에 이것이면 충분하다고 생각했다. 모르면 배우고, 꿈이 없으면 꿈을 키우고, 쓰러지면 일어서면서 하루하루를 낭비하지 않고 부지런히 살아간다면 성공할 날이 꼭 오리라는 믿음이 확고해졌다.

아무렴 북한이나 중국에서 보낸 그 고된 시간도 나를 쓰러뜨리지 못했는데, 한 것만큼 얻을 수 있다는 곳에서 일어서지 못하겠느냐는 생각을 하니 마음에 평안이 찾아왔다.

그때부터 나는 국정원을 거쳐 하나원까지 가며 한국에 대해 배우는 데 모든 정력을 다했다. 그곳에서 해 주는 강의는 한 시간이라도 빠진 적이 없다. 모든 것이 다 새로워 보였고, 그런 탓에 때로는 어설프기도 했다. 같은 말을 쓰는 한민족이라고 자랑스럽게 말해 왔지만, 사실은 70여 년의 분단으로 문화가 수없이 달라져 버렸다.

딸아, 너도 한국어를 배우고 있으니 조금은 이해할 수 있을 것이다. 한국에서 쓰는 표준어와 외래어를 배우는 게 내게도 참 벅찬 일이었다. 여태까지 접해 보지 못했던 금융, 법률, 문화, 그 모든 분야의 지식이 새로웠고 이해하기도 힘들었다.

하지만 이해를 하든 못 하든, 그건 중요하지 않았다. 매시간 내 모든 정력을 다해 듣고 기억하려고 애썼다. 사회에 나가면 언제든지 써먹어야 할 것들이었기에 하나라도 더 깊이 이해하고 기억하려고 노력했다.

갓 사회에 나왔을 때는 막상 배운 것과 다른 현실에 정신이 어리어리했다. '이런 걸 배워서 어디에 쓰나?' 하고 불평을 하기도 했지만, 시간이 흐르며 사회에 정착할수록 그때 배운 것들이 많은 도움을 주었다.

배워서 나쁠 것은 없다. 딸아, 나의 부모님들은 이런 말씀을 곧잘 하셨다. '무엇이든지 배워서 내 머릿속에 넣은 지식은 그 누구도 도적질 못 해 간다.' 그 말씀은 틀림이 없었다.

나는 사회에 첫발을 내디딘 그날부터 무엇이든 배우기 위해 노력했다. 한국 사회에 대해 아무것도 모르는 상태로는 사회에 적응할 수 없었다. 마트에 가서 생활용품을 사는 간단한 일조차 눈치를 보며 배워야 했다. 은행에 가서 금융 거래를 하는 것도 배우는 단계부터 시작해야 했고, 시내에서 버스나 지하철을 타는 것도 전부 배워야 했다.

이 엄마는 너보다 어린, 한 살짜리 어린애나 다름이 없었다. 어딜 가더라도 혹시 실수해서 망신을 당하지는 않을까 조심스러웠으며, 탈북자라고 왕따라도 당할까 무서웠다.

그러던 어느 날 나는 모든 것을 내려놓았다. 고향이 북한이라는 이유로 주눅 들 것 없었다. 성실하고 착하게, 긍정적으로 모든 문제를 대한다면 고향이 어디든, 어디에서 살다 왔든 무슨 상관이겠니? 세상에는 착하고 좋은 사람이 더 많을 것이라는 믿음이 나를 강하게 만들었다.

그 뒤로 엄마는 어디에서나 탈북자라는 것을 감추지 않았다.

먼저 나서서 그것을 밝히지는 않았으나, 굳이 숨기려 하지도 않았다. 모든 사람을 성실하게 대하려 애를 썼다. 내가 먼저 착하고 성실한 태도로 사람을 대하면 그들도 나를 이해하고 받아 주리라 생각했다.

처음 사회에 나온 뒤 제일 어렵고 힘들었던 것은 다름 아닌 취업이었다. 이력서를 뿌리고 면접을 다녀도 가는 곳마다 경력이 없다고 거절당하기 일쑤였다. 정말 답답했다. 이제 한국 땅에 첫발을 디딘 이에게 경력을 내놓으라니, 어디에 가서 경력을 내놓을 수 있을까. 하루는 너무 속이 타서 사장님께 부탁하기도 했다.

"일만 시켜 주세요. 저에게 3개월만 일을 시켜 주세요. 열심히 배우겠습니다. 3개월간 월급을 받지 않아도 좋으니, 일만 시켜 주세요. 3개월 후에 일을 해낼 수 있는 능력이 된다면 그때 월급을 상의해도 되지 않나요?"

이렇게도 애를 써 봤으나 결국 끝은 거절이었다. 그때 나는 좌절하다 못해 꿈이니, 희망이니 하는 것들이 그저 말뿐인 것들이라고 생각했다. 그나마 힘들고 어려운 나날을 버틸 수 있게 해 줬던 건 교회의 권사님들과 지인들의 괜찮다는 말, 할 수 있다는 위안이었다. 그분들의 따뜻한 사랑과 나를 위해 밤낮으로 기도해 주는 마음으로 끈질긴 인내와 의지를 가진 채 오늘까지 걸어올 수 있었다.

딸아, 살다 보면 너 역시 언젠가 좌절하는 순간이 있을 것이다. 하지만 기억했으면 좋겠다. 이 세상에는 정말로 좋은 사람이 더 많다. 언어가 다르고 문화가 달라 오해도 많았지만, 점차 나를 진심으로 받아 주고 대해 주는 사람들이 많아져 갔다. 나는 그들 속에서 남북의 문화 차이를 알아 갔고, 한국 사람들의 일 처리 방법을 배워 갔다.

때로는 북한에서의 습관이 애를 먹이기도 했다. "당이 결심하면 우리는 한다!"라는 구호 속에서 무조건 '할 수 있다.'고 대답하던 습관 때문이었다. 사장님이 시키는 일에 무조건 할 수 있다고 대답부터 해 놓고, 사실은 아무것도 할 줄 몰라 일을 해낼 수 없었던 것이다.

그래서 이 엄마는 질문을 시작했다. 한 번 물어봐서 안 되면 두 번 물어봤고, 두 번 물어봐서 안 되면 열 번을 물어봤다. 같이 근무하는 분들이 싫어할까 무서워 "죄송합니다. 미안합니다."라는 말을 입에 붙이고 살았으며, 힘으로 할 수 있는 일은 도맡아 하려고 애를 썼다.

이러한 열정과 성실함은 내 옆의 사람들을 감동시켰다. 그들 역시 나를 이해하며 도와주려고 노력하기 시작했다. 이렇게 나는 한국 사회에 차츰 적응되어 가기 시작했다. 어렴풋이나마 행복이 무엇인지 깨닫게 되는 것 같았다.

쓰라린 상처를 가슴 깊이 묻고, 꿈도 희망도 모두 다 물거품처럼 사라졌으리라 믿었던 내게도 희망은 있었다. 꿈과 희망은 '나도 할 수 있다.'고 믿는 것에서부터 생겨난다. 그 누구보다도 성공하고 싶다는 간절한 소망을 지닐 때, 그리고 마지막까지 그 줄을 놓지 않은 채 모든 노력을 다해 행동에 옮기는 것이 습관이 될 때 꿈도 희망도 너의 앞길을 밝혀 줄 것이다.

비로소 깨달은 진짜 자유

딸아, 엄마는 북한에 있을 때부터 자유의 노래를 습관적으로 불러 왔다. 그러면서도 누군가가 자유란 무엇이냐고 물어보면 대답을 할 수가 없었다. 자유의 대한민국에 온 것을 축하한다는 말은 많이 들었어도, 도대체 그 '자유'가 무엇인지 이해가 가지 않았다.

사람은 살아가면서 수많은 조건에 얽매이게 된다. 내 작은 어깨에도 가족이라는 큰 짐이 억눌려 있었고, 자식이라는 무거운 짐이 매달려 있었다. 차마 털어 버릴 수도 없는 큰 짐을 안고 있으니, 자유란 상상조차 할 수 없는 일이었다.

국정원 보호 센터에서부터 선생님들은 자유의 한국에 왔으니 자유를 만끽하며 살라고 일러 주곤 했다. 그렇지만 나는 그 말조차도 무슨 소린지 알아듣기 힘들었다. 그저 북한에 있는 가족을 찾아야 했고, 중국에 있는 가족과 너를 위해 식당에서 설거지를 해서라도 돈이나 빨리 벌면 된다고 생각했으니.

그런 나에게 '자유를 만끽하며 꿈을 키워 보라.'는 말은 고생이라고는 해 보지도 못한 사람들이 가볍게 건네는 농담처럼 들렸다. 자유는 돈 많고 권위 있는 사람들에게나 해당하는 소리일 뿐, 나처럼 온몸에 실린 무거운 짐에 허덕이는 사람에게는 생각조차 할 수 없는 것이 바로 그 '자유'라고 생각했다.

그렇게 방황하던 나에게도 진정한 자유를 만끽할 수 있는 순간이 찾아왔다.

이 엄마는 지금도 하나원에서 했던 심리 상담사 선생님과의 상담을 잊을 수가 없다.

하나원에서는 탈북 주민들의 심리 정서 생활을 위주로 하여, 대한민국 정착에 도움이 될 만한 가장 기초적인 것들을 가르친다. 그중에는 상담사가 사람들을 모집하여 일대일로 심리 상담을 해 주는 시간도 있었다. 심리 정서 강의에 참가하라고 하는 바람에 일단 참가는 했지만, 사실은 불만이 더 많았다. 일분일초가 귀중한 이 시간을 빼앗긴다는 불만이 더 많았던 것이다. 또한 잊으려고 애를 쓰고, 묻어 두려고 안간힘을 쓰던 기억을 끄집어내어 상처를 다시 한번 파헤쳐야 하는 것도 너무나 힘들었다.

어느 날, 상담사 선생님이 나를 찾는다는 소리에 그를 찾아갔다. 심리 상담을 받아 보라고 권하는 것이었다. 솔직히 말하자면 그 권유를 받은 당시에는 '내 성격에 심리 상담은 필요 없지.'라고 생각했다.

이제는 다 괜찮아졌다고 생각했기 때문이다. 죽음도 이겨 낸 굳건한 신념, 그 어떤 환경 속에서도 웃으며 살 수 있는 긍정적인 성격을 가졌으니 심리 상담 같은 건 필요 없을 것이라고. 그러나 선생님의 권유를 거절하진 못했다. 처음 한국에 들어온 시기였기 때문에, 시키면 시키는 대로 해야 한다는 생각이 있었다.

그렇게 시작한 상담이었다. 그러나 내 딸아, 나아졌다고 생각했던 엄마의 상처는 결코 아문 것이 아니었다. 그저 가슴 깊이 묻어 두고 있었을 뿐이었다. 상처 밑에 고여 있는 피고름은 나도 모르는 새 몸과 마음을 아프게 하고 있었다. 잊으려고, 덮어 두려고 애를 쓰고 있었을 뿐인 상처. 상담사 선생님은 수술용 칼을 든 의사처럼 나의 그 상처들을 가르고 안에 숨어 있던 아픔의 근원을 찾아 주었다.

그동안 살아온 인생, 이 엄마는 '나'를 위하여 살아온 적이 없었다. 어릴 때는 부모님이 바라는 기준에 닿으려고 노력하며 살아왔다. 가족의 생계를 위해 자신의 인생을 바쳤으며, 가족을 위해 압록강을 건너 중국 땅으로 향했다.

그렇게 내 목숨까지도 포기하고 살아온 나였다. 북한의 사상 교육에 사로잡혀 스스로에게 '반역자'라는 딱지를 붙여 놓은 채 온갖 스트레스를 안고 살아온 나였다. 은혜는 갚고 살아야 한다며 원치 않는 삶을 이어가야 했던 나였고, 꽃 같은 청춘을 다 바친 나였다. 언제나 어깨를 누르는 짐을 짊어지고 넋까지 빼앗긴 채 한 걸음 한 걸음 비틀거리며 걸어온 게 내 인생이었다.

그렇다면 나를 위한 인생은 과연 어디에 있을까? 내가 정말 하고 싶고, 가지고 싶고, 행복해질 수 있는 그런 인생은 과연 어디에 있을까? 여태까지 살아온 인생이 고달팠고 불쌍했다. 그 모든 것을 털어 버리고 오직 '나'를 위해 선택하는 것이 비로소 자유를 찾는 것이었다.

북한에서는 무슨 말이나 행동을 하든, 그것이 당의 사상과 맞지 않으면 반동분자가 된다. 그러므로 자기 생각대로 말이나 행동을 할 수가 없는 것이다. 이것이 바로 '박탈당한 자유'였다.

지금까지 받아 온 교육은 오직 당의 방침대로 말하고 행동하기 위한 것이었다. 그것이 습관이 된 우리이기에 진정한 자신의 삶을 찾지 못하고 국가를 위하여, 당을 위하여, 가족을 위하여, 모든 것을 남을 위하여 인생을 바쳐 왔던 것이다.

그곳에서는 언제나 자유의 구호를 불렀지만 정작 진짜 자유가 없었다. 한 번쯤은 어깨를 짓누르는 모든 것을 털어 버리고 싶었다. 내가 만들어 놓은 그 기준을 깨어 버리고, 나만의 행복을 찾고 싶었다.

"선생님. 전 어려서부터 이중인격이었던 것 같아요. 겉에 있는 나와 속에 있는 내가 매일매일 싸워요."

"많은 사람이 그런 상황을 겪고 있어요. 자기 나름의 완전한 모습을 보여 주려는 나와, 모든 것을 털어 버리고 그저 자유롭고 행복해지려는 내가 싸우는 거죠. 그런데 그 완전하고 완벽한 모습의 기준은 누가 정한 거죠?"

이 물음에 답을 찾으며 느꼈다. 이것이 자유였다. 그 누구의 바람이나 강요 없이, 온갖 기준을 털어 버리고 오직 자신이 하고 싶은 대로 행동하는 것. 내가 생각하는 대로 살아가는 것. 그것이 자유인 것이다.

마음속에 어떤 기준을 정해 놓고 그 기준에 도달하지 못하면 나쁜 사람, 잘못된 사람이라고 생각하던 관념이 깨졌다. 누군가의 말이나 행동을 보면서 '저 사람은 저렇게 생각할 수도 있겠지, 저 사람 입장에선 저렇게 행동할 수 있겠지.'라고 생각하니 불만이 적어지고 마음의 평안이 찾아왔다.

아직도 상담사 선생님이 들려주던 이야기가 귀에 생생하다.

어느 여성이 자신의 인생 이야기를 자서전으로 출판해 성공을 거뒀는데, 그의 시어머니가 며느리에게 책으로 번 돈을 절반 갈라 달라고 요구했단다. 그 책에 자기가 등장하지 않았다면 대박이 날 수 없었을 거라는 이유였다. 그의 요구에 여성은 '그럼 어머님도 책을 내서 성공하면 되지 않느냐.'고 답했다고 한다.

화가 난 시어머니도 곧 책을 써서 출판했는데, 정말로 성공을 거두었다고 한다. 그 모습을 지켜본 여성의 남편, 즉 시어머니의 아들도 책을 써서 대박을 거두었다는 얘기였다.

여기서 주목할 것은 그 세 가지 책이었다. 모두 한 가정에 대한 이야기, 하나의 스토리를 쓴 것이지만 각각 다른 각도로 바라본, 완전히 다른 책이었다는 점.

나는 이 이야기를 들으며 많은 생각 끝에 깨달았다. 사람은 다 자기 나름의 생각이 있다는 것을. 그러니 이 사람이 이렇게 생각하고, 저 사람이 저렇게 말한다고 틀리거나 나쁜 것이 아니라는 것이다.

사상의 자유, 언론의 자유, 행동의 자유는 참 쉬운 것처럼 보이지만 사실은 굉장히 이루기 힘든 것이다. 그 뜻이 무엇인지도 모르는 주제에 희미하게나마 바라는 것이어서, 자유를 찾아 반생을 달려왔다.

이 엄마는 하고 싶은 대로, 생각하는 대로 살고 싶었다. 일한 만큼의 대가를 받고 싶다는 희망을 안고 북한에서 중국으로, 중국에서 한국으로 찾아왔다. 사선을 헤치고 목숨을 걸며 찾아온 것이 바로 그 자유였다.

딸아, 이것을 깨닫고 자신의 마음에 자유를 주었을 때 비로소 그 자유가 내게 찾아오는 것이다. 자유가 얼마나 소중한 것인지 확고히 깨달았기에, 다시는 그 자유를 잃지 않으려 엄마는 노력할 것이다.

사회에 내디딘 첫발자국

딸아, 엄마에게는 고마운 스승님이 있다. 바로 김우선 작가님이다. 그는 자신의 책 〈어떻게 나를 차별화할 것인가〉에서 이렇게 말한 적이 있다.

"지금 당신이 제일 바꾸고 싶은 것은 어떤 것인가? 경제적인 문제, 진로 문제, 직장 문제 등 여러 가지가 있을 것이다. 먼저, 자신은 완벽한 존재란 점을 떠올리며 진심으로 바꾸고 싶은 것부터 써 보라. 종이에 그것을 쓰기 시작하는 순간 당신이 지금 당장 시작해야 할 일이 보일 테고, 그것이 당신을 움직이게 하는 원동력이 되어 줄 것이다. 무엇부터 바꿔야 진정 변화된 삶을 살아갈 수 있을지 생각해 보라. 가장 사소한 것부터 시작하다 보면 점점 더 많은 변화로 이어지게 된다."

엄마가 처음 한국에 들어왔을 때, 모든 것을 새로 시작하고 싶은 마음이 컸다. 빨리 돈도 벌고 싶었고 일을 할 만한 좋은 직장에도 취직하고 싶었다. 그러면서도 한편으로는 내가 무엇을 해야 하는지조차 잘 모르고 있는 상태였다. 그저 무엇이든 배워야 한다고 마음먹고는 기초 수급이 보장되는 6개월을 학원 공부하는 데 전부 바쳤다.

자격증을 따야 한다고 생각했을 때 제일 먼저 눈길을 준 것은 중국어였다. 내가 잘할 수 있는 것은 중국어뿐이었으니, 첫걸음으로 HSK 자격증★을 따는 데 성공했다. 그다음은 컴퓨터였다. 이것 역시 학원에 등록부터 하고 배우기 시작했다. 컴퓨터라고는 만져 보지도 못한 사람이 한두 달 만에 컴퓨터 자격증을 딴다는 것은 쉬운 일이 아니었으나, 이 엄마에게는 시험에 불합격하고 다시 배워서 도전할 만한 시간적 여유가 없었다.

그런 이유로 학원에 다니는 동안 이를 악물고 매일 밤낮으로 컴퓨터에 묻혀 살다시피 한 결과, 다행히 컴퓨터 자격증까지 문제없이 손에 쥘 수 있었다. 와중에 자동차 운전 면허증도 딸 수 있었다.

그 직후엔 서비스 직종에 많은 관심을 가지고 있었기 때문에 하나원 하나센터의 추천으로 '공연예술 코디네이터 교육'에 참가했다. 사실은 새터민들을 대상으로 하는 교육인 줄 알고 갔는데, 막상 가 보니 은행이나 회사에 근무한 경력을 가진 훌륭한 한국 여성들로 이루어진 교육이었다.

너에겐 조금 부끄럽지만, 나는 교육을 간 첫날부터 주눅이 들

★ 중국어 능력 검정 시험

어 버렸다. 한국 여성과 경쟁해 봤자 무언가 이룰 수 있을 만한 처지도 아니라는 생각이 들어 포기하고 싶다는 생각까지 들었다. 그러나 그럴 수는 없었다.

무엇이든 배워서 내 것으로 만들면 되지 않을까? 일단 배워 두면 당장은 안 되더라도 다른 기회를 만들 수 있지 않을까? 지금 당장은 거두는 게 없더라도, 배운 것이 쓸모없어지는 건 아니라는 생각이 들었다. 결국 이번에도 나는 이를 악물고 배워서 지식을 내 것으로 만들기 위해 노력했다.

지금도 그때 같이 교육받았던 언니들이 정말 그립다. 모두가 나를 사랑해 주려고 애를 썼고, 혹여 내가 상처를 받을까 많은 관심을 주었다. 강의 시간이나 실습 현장에서나 나를 데리고 다니며 모르는 것을 하나하나 가르쳐 주던 사람들. 밥을 사 주거나 음료수를 건네며 "한국에 정착하기 위해 노력하는 모습이 참 보기 좋아. 열심히 살아가면 꼭 성공할 수 있을 거야."라고 위안과 격려도 해 주던 사람들이었다.

그게 엄마가 한국 사람들과 겪은 첫 번째 사회생활이었다. 교회를 제외하고는 이렇게 많은 한국 사람들과 대화하고 배우고 생활하는 게 처음이었다. 물론 그만큼 걱정도 많이 했고 고민도 했다. 하지만 그 언니들과 함께 시간을 보내며, 비로소 한국 정착에 믿음을 가지게 되었다. 긍정적인 모습으로 성실하고 근면하게 생활해 나간다면 그 어디에 가나 인정받을 수 있다는 믿음. 언니들은 나에게 새터민이라고 다르지 않다는 것을 행동으로 보여 줬고, 노력만 하면 어떤 일이든 해낼 수 있으며 성공할 수 있다는 것을 가르쳐 주었다. 그것은 다른 말로 '용기'였다.

지금도 많은 탈북자 친구들은 한국 사람들과의 대인관계에 애를 먹기도 한다. 그러나 나는 그 언니들로부터 용기를 얻었기에, 지금까지 한국 사람들과의 관계에서 어려움에 부딪힌 적이 많지 않다.

다시 돌아와서, 이렇게 취업을 위한 준비를 수없이 했어도 정작 취업은 쉬운 일이 아니었다. 나라에서 해 주는 취업 프로그램에도 참가했고, 하나센터와 고용노동부의 도움으로 이력서를 뿌리며 면접도 많이 봤지만 모든 곳에서 거절당했다.

기업에서 하나같이 요구하는 것은 '경력'이었는데, 이제야 막한국 사회에 뛰어든 내게 경력이 있을 리 만무했다. 아무리 뛰어도 취업하지 못하고 시간만 흘러가니, 매일 아침 눈을 떠도 '무엇을 해야 할까.' 하고 생각만 할 수밖에 없었다. 아무 데도 갈 수없이 그저 허공에 붕 뜬 기분이었다.

그나마 중국에서 일했던 곳이 식당이니 그쪽으로 취업을 시도해 봤지만, 일하면서 공부를 하려니 시간적으로 너무 힘들었다. 또한 식당 일은 중국에서 어쩔 수 없이 울며 겨자 먹기로 해야 했던 일이었기 때문에 도저히 하고 싶은 마음이 들지 않았다.

하루하루 이력서를 내고 면접을 보는 날의 연속이었다. 그러던 하루는 '아트임팩트'라는 회사를 만나게 되었다. 딸아, 너에게도 길잡이가 되는 사람이 있는지 모르겠다. 엄마에게는 이 회사의 대표님이 진정한 길잡이가 되어 주었다.

처음으로 조직 안에 들어갈 수 있는 문을 열어 주었을 뿐만 아니라, 꿈이 무엇인지를 알려 주고 그 꿈을 꿀 수 있는 조건을 만들어 준 회사. 어느 곳엔가 소속되어 있다는 기분, 한국인으로서 한국 땅에 발을 붙였다고 생각할 수 있는 마음의 안착을 얻을 수 있게 된 곳이다.

지금도 면접 첫 물음이 귀에 생생하다.

"우리 회사는 사회적 기업입니다. 혹시 사회를 위하여 무엇이라도 하고 싶다는 생각을 해 본 적이 있나요?"

"네, 저는 사회의 많은 도움으로 여기까지 오게 된 사람입니다. 그 사회에 자그마한 힘이라도 보탤 수 있다면 그것만으로도 행복하겠습니다."

"그럼 판매업에서 일해 본 적은 있으신가요?"

"죄송하지만 그런 경력은 없습니다. 그러나 믿고 일만 시켜 주시면 열심히 배우며 도전해 보겠습니다. 기회를 주시면 감사하겠습니다."

20~30분간의 면접이 끝났다. 또 고배를 마시게 될까 봐 불안해하는 나에게 기적과 같은 답이 돌아왔다. 내일 근로 계약서를 쓰자는 말이었다.

나는 감사하다고 인사를 드리면서도 면접에 합격했다는 사실을 실감할 수 없었다. 언제나 떨리는 마음으로 최선을 다해 면접을 봐도 거절만 당했던 탓이었다. 다음 날 근로 계약서에 사인을 한 뒤에도 취업에 성공했다는 것이 피부로 느껴지지 않았다. 나를 친자식처럼 돌보며 응원해 주던 권사님이 축하한다는 말과 함께 앞으로는 더 잘될 것이라고 등을 두드려 줄 때도 모두 꿈만 같았다.

취업에 성공한 것은 그저 시작의 첫 발자국이었다. 수많은 어려움이 나의 앞을 가로막고 있었다. 그러나 필요 없다고 한탄만 했던 취업 준비가, 배워 두었던 모든 것이 내가 가는 길의 디딤돌이 되어 주었다. 희망은 준비하는 사람에게 주어진다. 이것은 어길 수 없는 법칙이다.

딸아, 너는 산과 바다 중 어느 곳을 더 좋아하니? 나는 바다를 좋아한다. 저 멀리 끝도 보이지 않는 수평선을 바라보며 앞으로 내가 가게 될, 예측할 수 없는 인생을 그려 보곤 한다. 가슴을 확 트이게 하는 푸른 바다를 보며 온몸에 쌓인 피로와 고민을 쓸어 버린다.

저 멀리에서 밀려오는 파도가 바위에 부딪쳐 흩어질 때도 굳건히 서 있는 바위는 마치 내 모습 같다. 모든 세상 풍파에 시달리면서도 꿋꿋이 걸어온 내가 대견하다.

거센 파도에도 끄떡없이 자신의 길을 찾아 항해하는 함선들을 볼 때는 무슨 힘으로 저 폭풍과 파도를 이길 수 있을까 생각하게 된다. 폭풍과 시련을 맞받아 나갈 준비가 없었다면 어떻게 거센 파도를 헤치고 나올 수가 있으며, 망망대해에서 길을 찾을 수 있고 항구라는 희망의 목적지를 찾을 수 있을까?

나는 힘들 때마다 바다를 찾아간다. 그곳에서 인생을 되새겨 보고 다시 일어설 준비를 한다. 희망찬 내일을 위해 모든 정력과 노력을 다해 준비해 간다.

멀어졌던 희망이 돌아오다

1998년, 당시 스물네 살이었던 이 엄마는 가족과 함께 다음 끼니를 걱정하지 않고 살고 싶다는 희망으로 압록강을 건너 이국으로 건너갔다. 무엇도 마음처럼 되지 않는 하늘 밑에서 세상 풍파를 다 겪으며 살아야 했다. 그야말로 지옥 같은 생활 속에서, 가족과 함께 굶을 걱정 없이 살아 보겠다는 자그마한 희망조차도 이루지 못했다.

지금도 잊히지 않는 말이 있다. 한국에 온 후, 어떤 분과 이야기를 나누다가 들은 말이다. "왜 굶어야 하죠? 쌀이 없으면 떡을 사 먹거나 라면을 사 먹으면 되잖아요." 그의 악의 없는 물음에 나는 답할 말을 찾지 못했다.

누군가에게는 이렇게 당연하고 소박한 희망인데, 고작 그만큼의 희망을 품고 살았던 내가 왜 그렇게 힘들게 살아야 했는지 이해되지 않았다. 크지도 않은 자그마한 꿈을 품었을 뿐이었는데 그 소박한 꿈조차 이루기가 왜 그리 힘든 것인지…

북한에서 태어난 것이 죄였을까? 아니면, 내가 잘못된 길을 선택한 게 죄였을까? 희망이라는 것은 나를 피해 멀리멀리 달아나기만 하는 것 같았다.

2016년 12월, 이 엄마는 또다시 새로운 세상을 향해 떠났다. 가난을 피해 떠났던 1998년과 달리 자유와 희망을 찾아 떠났다는 게 다른 점이었다. 한국이라는 목적지에 도착하기까지도 3개월이라는 시간이 걸렸다.

노력한 만큼 받을 수 있다는 자유를 찾아서, 하고 싶은 말을 할 수 있는 자유를 찾아서, 하고 싶은 일을 할 수 있는 자유를 찾아서 지푸라기 같은 희망의 줄을 잡고 달려왔다.

그 길 위에서 나도 사랑받기 위해 태어난 사람이라는 도리를 배웠다. 인간의 존엄과 행복을 위해 노력해야 한다는 것을 배울 수 있었다. 그 길에서 내가 노력한 만큼 인정받고 대가를 얻는다는 것이 무엇인지, 직접 부딪치며 배울 수 있었다.

딸아, 이것은 엄마가 한국에 적응하기 위해 발 벗고 뛰었던 날의 이야기다.

자본주의 경제 체제인 한국에 정착하고 성공한다는 것은 그 자체만으로도 만만치 않은 도전이었다. 미리 마음의 준비와 노력을 해 두었지만, 처음 회사에 출근한 내 앞을 가로막는 수많은 과제를 마주하자 당황스러운 마음을 감출 수 없었다.

우선 패션 업계에서 쓰이는 수많은 직업적 용어들이 귀에 익지 않다는 게 가장 큰 문제였다. 그 용어들은 나를 알아봐도, 나는 그들을 알아볼 수 없었다. 패션 용어는 80~90%가 영어였으며 외래어, 기술적 용어들은 귀로 들어도 이해할 수 없는 말들이었다.

하나의 매장 안에는 마흔 개 가까이 되는 브랜드가 꽉 차 있었다. 그 모든 브랜드의 소개와 사명은 억지로라도 외웠으나, 어설픈 용어만큼은 안간힘을 다해 암기해도 이해할 수 없는 말이라 금방 다 잊어버렸다.

거기다가 입고 등록, 재고 관리, 반품 작업을 전부 컴퓨터로 해야 했는데, 자격증을 따기 위해 한두 달 벼락치기로 배웠을 뿐인 컴퓨터 사용 능력은 그 자리에서 무용지물이 되어 버렸다.

모든 것을 새롭게 배워야 하는 상황에 엎친 데 덮친 격으로 같이 일하는 직원들과의 관계에서까지 부딪치는 일이 생겼다. 70여 년의 분단으로 인한 문화와 언어 차이 때문이었다. 말 한 마디에 오해가 생겨 서로 기분 상하는 일이 벌어지기 일쑤였다. 나는 "죄송합니다, 미안합니다."를 입에 달고 살면서도 차근차근 일을 배우기 위해 온갖 노력을 다했다.

당시의 엄마에겐 매니저님이 참 고마운 분이었다. 언어와 억양 차이로 오해가 생기는 순간조차 얼굴을 붉히지 않았고 날 이해해 주기 위해 많은 애를 썼다.

"매니저님, 미안해요. 제가 평양에서 온 탓에 말이나 억양으로 오해를 일으키는 일이 많을 거예요. 부탁인데 내 말을 들을 때 한

번만 더 생각해 주세요. 저 사람이 어떤 뜻으로 이 말을 했을까? 분명 나쁜 마음이 아닐 텐데 무슨 뜻일까. 그래도 이해가 안 되면 다시 한번 물어봐 주세요. 항상 기억해 주세요. 나는 어디까지나 좋은 마음으로 좋은 말만 할 겁니다. 그러니 많은 이해 부탁드립니다."

서툰 부탁에도 매니저님은 마음을 다해 날 이해해 주었고, 아무것도 할 줄 모르는 내게 많은 것을 가르쳐 주었다. 직장 생활에 익숙해질 때까지, 매장 일이 손에 잡힐 때까지 한 번 가르쳐 줘서 안 되면 두 번이고 세 번이고 반복해서 알려 줬다.

디자인과 소재, 색깔에 관한 영어는 물론이며 종이에 영어 단어와 함께 약자를 써 주거나 쉽게 외울 수 있는 체계를 만들어 주었다. 그런 그가 언제나 해 주던 말이 있다.

"나는 대리님이 뭐든 배우려고 하는 그 열정이 좋아요. 모르는 건 잘못이 아니에요. 모르면서도 배우려 하지 않는 게 더 나빠요. 대리님은 그 누군가에게 의지해서 살고자 하는 게 아니라, 모든 일을 스스로 배워서 일어나려고 하시잖아요. 그 마음이 중요하고 좋은 거예요."

사랑하는 내 딸, 너는 말 한 마디의 칭찬에 날아갈 듯 기뻐지는 기분을 아니? 엄마는 그런 말을 들을 때마다 그동안 열심히 노력한 대가가 나에게로 돌아오는 듯한 희열을 느꼈다. 이런 기쁨과 희열은 금을 주고도 사지 못할 귀중한 선물이었다.

매니저님은 내가 일이 익숙지 않아 실수할 때면 '한 번 실수는 용서할 수 있지만, 같은 실수를 두 번 저지르는 건 용납할 수 없다.'고 엄격한 멘토가 되어 주셨다.

이렇게 직장에 발을 붙이게 된 나는 즐거운 직장과 동료들 사이에서 한국 사회에 한 걸음 한 걸음 더 깊이 다가갈 수 있게 된 것이다.

사회적 기업을 이끌며 사업하고 있는 대표님은 새터민들의 한국 정착을 위한 사회적 문제를 해결하는 방법에 관심을 가졌고, 머지않아 그것을 추진시켜 나갔다. 그 준비 과정에 나 역시 대표님과 함께 성공한 한국 사람들을 만나 많은 것을 배우게 되었다.

딸아, 엄마는 대표님과 함께 코다리 함흥냉면 사업을 하고 계시는 새터민 한 분을 만났을 때 큰 충격을 받았다. 그분은 너무도 훌륭한 분이었는데, 그런 분의 인생도 성공만으로 가득 차 있지는 않았다. 그의 지난날은 성공과 실패의 연속이었고, 그 속에서 다시 일어나 오늘의 성공한 삶을 살 수 있었던 것이다.

나는 그분의 경험담을 들으며 실패 속에서도 많은 것을 배울 수 있다는 것, 결국 실패는 성공의 어머니라는 흔하디흔한 말이 진리였다는 걸 다시 한번 체감할 수 있었다.

여태까지 온갖 고난을 극복하며 살아온 엄마의 인생도 그저 흘러가는 물 같은 삶은 아니었다. 다만 그 속에서 스스로 희망을 향해 나아갈 수 있는 용기를 찾았고, 그 용기가 희망을 꽃 피울 수 있는 밑천이 되었음을 배운 것이다. 그래서 상처로 얼룩진 나의 인생이 너무도 고마웠다. 그것을 이기고 굳세게 일어나 달려와 준 내가 너무 고마웠다.

이러한 인생의 진리를 깨닫자, 그동안은 내게서 멀리 도망만 가 버리는 것 같았던 희망이 저절로 나를 찾아왔다. 지금도 엄마는 그 희망을 안고 열심히 살아가고 있다. 하나님 안에서는 영적인 평안을 찾았고, 꿈을 위해 앞으로 달리는 길에서는 육체적인 평안을 찾은 것이다. 한국은 나에게 몸과 마음의 평안을 선물해 주었고, 자유와 행복이라는 희망을 선물해 주었다.

그 언젠가 중국 땅에서 사랑하는 딸, 너의 앞날을 위하여 목숨을 걸고 사선을 넘었다. 그 목적을 달성한 후에는 네가 한국에서 마음껏 배우며 자랄 수 있는 길을 열어 놓았다. 지금 나는 따뜻한 사랑으로 어루만져 주시는 하나님 안에서 마음의 평안을 만끽하고 있다.

곁에는 친정집과 같은 교회가 있으며, 마음껏 꿈을 이루라고 등을 밀어 주는 직장이 있다. 또한 외로운 마음을 다독여 주는 사랑스러운 동료들과 하나뿐인 네가 있다. 나는 이 모든 것들과 함께 행복이라는 길에서 즐겁게 달려가고 있다.

희망은 드디어 나에게도 찾아왔다.

엄마에게도 꿈이 있었다

괴테Johann Wolfgang von Goethe는 말했다. 꿈을 품고 뭔가 할 수 있다면 그것을 시작하라고. 새로운 일을 시작하는 용기 속에 모든 천재성과 능력, 기적이 숨어 있다고 했다.

엄마는 아직 어린 너의 꿈이 무엇인지 궁금하기도 하다. 사람들은 보통 '꿈'이라고 하면 어린 시절의 꿈부터 기억하곤 한다. 어린이들은 "나는 커서 무엇이 되고 싶고, 이렇게 성공한 사람이 되고 싶다."고 하며 수많은 상상의 나래를 펼치고 꿈을 꾼다. 살다 보면 그 꿈은 결국 실현되지 못할 확률이 더 높지만, 그래도 꿈이라는 세계는 끝이 없기에 아이들은 꿈을 꾼다.

이 엄마도 북에서 자라나던 시절은 꿈과 포부에 대해 수많은 열변을 토하며 자라났다. 사람의 배경이 모든 것을 결정하는 체제 속에서 결국 꿈이 깨어지는 불행도 겪었지만, 그래도 나에게는 꿈이 있었다. 시나 소설 속에 나오는 주인공들의 운명을 읽으며, 나도 내 꿈속의 주인공들을 글로 살려 내고 싶었다.

그렇다. 엄마는 너와 비슷한 어린아이였을 적, 마음껏 시를 쓰고 소설을 쓰는 작가가 되고 싶었다. 그러나 운명은 내게 꿈을 포기하라며 무서운 현실로 부딪쳐 왔다. 험난한 인생에 그 꿈을 포기한 것도 이제는 까마득히 먼 옛날이 되었다.

중국에서 지옥 같은 19년을 보내는 동안 글을 쓴 적이 있기는 했다. 그것은 너무 힘들고 아플 때마다 써 내려간 것들이었다. 아버지께 드리는 보내지 못할 편지, 나에게 쓰는 일기…

그것은 내 마음을 치유하기 위한 것이기도 했으나, 결국은 아무런 희망도 보이지 않고 운명의 한 치 앞도 예상할 수 없는 시절의 기록이었다. 나는 그 모든 글을 한 장 한 장 불에 태워 버리며 꿈과 희망을 마음속 깊은 곳에 묻어 버렸다.

앞서 이야기했지만, 하나원에서 꿈을 위해 노력하라고 할 때도 오직 취업과 직장 적응에만 관심을 두며 살 뿐이었다.

정말 변하게 된 것은 그 이후였다. 새터민의 성공적인 한국 정착 문제에 관심을 가진 회사 대표님과 함께 여러 성공한 인사들을 만나게 되면서 내 생각이 너무 짧았다는 것을 깨달은 것이다. 사람은 꿈을 가져야 포부를 가질 수 있고, 포부를 가져야 성공을 위한 목표를 향해 달릴 수 있는 동력이 생긴다.

앞서 몇 번 이야기했던 김우선 스승님을 기억할지 모르겠다. 그분은 회사 대표님의 소개로 만나게 된 분이었다. 나는 그간 몇 권의 책을 낸 스승님을 통해 글쓰기를 배우며, 힐링 삼아 내가 지나온 인생을 되새기는 글을 남기고 싶었다. 그것으로 너에게 들려주고 싶었다.

"남들한테는 다 사랑해 주는 외할아버지, 외할머니, 외삼촌, 이모가 있는데 나는 왜 그런 사람들이 없어?" 하고 물었던 어린 너의 물음에 "너는 아직 어려서 엄마를 이해하지도, 알아듣지도 못할 거야. 네가 열여덟 살이 되는 날, 엄마의 인생을 다 이야기 해 줄게…"라고 답했던 말. 그 말에 대한 대답을 주고 싶었다.

또한 우여곡절 많았던 내 인생이 희미한 기억으로 사라져 가는 것도 싫었다. 휘황찬란한 인생도 아니고, 온갖 상처로 얼룩진 인생이지만 그래도 '내 인생'이었다.

물론 처음 힐링 삼아 글쓰기를 배우려고 작가님을 만났을 때는 출판까지 할 수 있으리라고 생각지는 못했다. 그저 내 마음을 정리하는 하나의 계기였을 뿐. 먼 훗날 이 글을 읽어 보며 그렇게 아프고 힘든 인생 잘 견뎌 온 나에 대한 위안과 고마움, 그리고 격려를 갖고자 하는 것이 다였다.

그랬던 나에게 김우선 작가님은 말해 주었다. "글을 쓴다는 것은 넘을 수 없는 벽에 문을 그려 놓고 그 문을 열고 들어가는 것입니다." 또, 하고 싶은 일을 차례로 종이에 적어 놓고 가장 잘 보이는 곳에 붙여 둔 후 매일 바라보며 노력한다면 이루지 못할 꿈이 없다는 격려도 해 주었다. 그에 용기를 얻어 상처투성이인 지난 인생을 돌아볼 수 있었다. 그날의 이야기들을 한 장 한 장 글로 써 내려가며, 너무 아프고 힘든 순간엔 포기할까 주저앉았다가도 다시 일어나 도전할 수 있었다.

비록 지난날은 쓰라린 경험이 대부분이었지만, 내게는 그것 말고도 가지고 있는 것이 있었다. 쓰러져도 다시 일어나 걸어온 도전 정신. 그 인생 경력이 지금 이 시각 아파서 주저앉고 두려워 물러서는 사람들에게 자그마한 도움이 될 수 있다면, 실패의 아픔으로 쓰러져 있는 사람들에게 다시 한번 일어설 수 있는 힘을 줄 수 있는 계기가 된다면…

상처로 얼룩진 이 인생도 결코 헛된 삶은 아닐 것이다. 나처럼 연약한 인간도 그 굽이진 운명을 꿋꿋이 걸어왔듯이, 이 글에서 힘과 희망을 얻는 사람이 한 명이라도 생긴다면 그것으로 만족을 느낄 것이다.

딸아, 엄마가 한국에서 배운 가장 중요한 것은 '사랑을 얻으려면 먼저 사랑할 줄 알아야 한다.'는 것이었다. 네가 진심으로 세상을 사랑한다면 너도 그 사랑을 돌려받을 수 있다.

기회를 얻고자 한다면 앉아서 기다리는 것이 아니라 준비하고 마중을 나가야 하고, 성공하고자 한다면 '실패는 성공의 어머니'라는 확신과 쓰러지더라도 다시 일어설 수 있는 굳센 신념을 가져야 한다.

노력하면 그 대가는 언제든지 너를 찾아온다. 아무리 노력해도 손에 잡히는 것이 없는 삶을 살면서 투정도 해 보았고 절망에도 빠져 보았다. 그러나 이제는 생각한다. 단지 때가 오지 않았을

뿐이었다고. 네가 흘린 노력의 피땀은 언젠가 풍성한 대가로 너를 찾아올 것이다.

씨앗을 심고 물을 주고 풀을 뽑으며 정성껏 가꾸면, 그 대가는 가을이 되어 몇 배로 찾아온다. 우리의 인생도 그러하다.

오늘의 고난과 내일의 절망으로 인생을 포기하지 말아라. 실패를 두려워하지 말고 고난을 맞받아치며 용감히 나아갈 때, 네가 바친 노력은 성공이라는 달콤한 열매로 너를 반길 것이다.

이 엄마는 오늘도 성공의 달콤한 열매를 맛보기 위하여 항상 미소 지은 채 달리고 있다.

5장

19년, 그 끝의 봄날

한 살의 인생

딸아, 너도 한국이라는 새로운 환경에서 자라나고 있으니 엄마의 말을 조금은 이해할 수 있을 테다. 그동안 살아온 모든 환경을 버리고 처음부터 다시 삶을 시작하겠다고 결심하는 것 자체도 쉬운 일은 아니지만, 모든 것을 새로 배우고 노력하는 것 또한 쉬운 일이 아니다.

사람들은 일반적으로 자신이 살아온 인생을 평범하다고 생각한다. 그러나 그 인생의 경험 중 어느 하나라도 소중하지 않은 것은 없다.

에머슨Ralph Waldo Emerson은 "인생 최고의 행복은 자신이 찾아낸 것을 의심하지 않고 즐길 수 있는 사람, 세상과 잘 어울려 살아가는 사람만이 누릴 수 있다."고 말했다. 아무리 평범한 인생이라도 그 안에는 자신만이 즐길 수 있는 행복이 있고, 자신만이 안고 살아온 슬픔과 좌절, 두려움과 우여곡절도 있다. 이 모든 것이 모여서 경험이 되는 것이다.

그것들을 모두 뒤에 두고 처음부터 다시 시작한다는 것은, 다시 한번 한 살의 어린 아기가 되어야 한다는 것과 똑같다.

　이 엄마는 이런 '한 살의 인생'을 두 번이나 겪어야 하는 삶을 살았다. 굴러가는 낙엽만 봐도 웃음이 나온다는 꽃 같은 나이에, 이국땅으로 건너가 온갖 시련을 맞닥뜨리며 모든 걸 처음부터 다시 시작해야만 했다. 부모, 친척, 소꿉친구들을 모두 뒤에 두고 낯설기만 한 중국에서 "아빠, 엄마!" 하며 말을 떼는 아기처럼 모든 것을 새롭게 시작해야 했다.

　배운 것이 무엇이든, 마음속의 포부가 얼마나 크든 그것을 알아주는 이는 없었다. 이해해 주려 하는 이도 없었다. 중국에서 직접 벼농사를 짓고자 했을 때 내 마음을 이해하는 이는 한 명도 없었다. 한 살짜리 어린애를 대하듯 나를 달래도 보고 야단치기도 하면서, 도와주기는커녕 무작정 반대만을 했다. 갓 태어난 너에게 안정된 생활을 마련해 주고 싶어 식당 일을 배웠을 때도 그러했다. 설거지부터 시작해서 요리사, 주방장, 매니저로 차근차근 성장했을 때도 한 살의 어린아이처럼 기초부터 배우며 자라난 것이다.

　내게 남은 건 하나밖에 없는 자존심뿐이었지만, 그 어디에도 나를 알아주는 이는 없었다. 오롯이 혼자만의 힘으로 일어나고 성장하는 데 도움이 되는 것도 없었다.

　너는 기억하지 못할 테지만 중국의 식당에는, 더군다나 산골의 자그마한 식당에는 문화랄 게 거의 없었다. 식당 손님들은 대낮에도 술에 거나하게 취한 채로 별의별 추악한 행동을 다 보여주곤 했다. 싸우고, 험담하고, 직원들을 모욕하는 말도 서슴없이 했다.

그 속에서 나는 결국 도도한 자존심을 마음속 깊은 곳에 묻어 놓았다. 너를 위해 성장해야만 했으니 감수할 수 있었다. 한번은 나와 함께 일하겠다고 같이 출근했던 동서가 손님의 모욕 한 마디에 울면서 '나는 이 일 못 하겠다.'고 포기하기도 했었다. 동서의 이야기를 들은 가족은 전부 대신 화를 내 주며 그런 일은 하지 못할 일이라고, 자존심을 밟히면서까지 그런 일을 할 필요가 없다고 그를 위안했다.

그러나 이 엄마는 힘들다는 이유로 식당 일을 포기할 수 없었다. 주방이 아니면 신분증 없이 숨어서 할 수 있는 직업을 구할 수 없었기 때문이다. 그날 밤, 나는 이불 속에서 남몰래 눈물을 흘렸다. 살아가기 위해서는, 또 성장하기 위해서는 자존심조차 내려놓아야 한다는 것을 뒤늦게나마 배운 날이었다.

이렇게 마련한 기반이었다. 자존심까지 내려놓고 하나하나 마련해 온 기반을 전부 버린 채, 나는 또다시 모험의 길에 들어섰다. 신분을 가지고 자유롭게 나를 위한 인생을 살기 위하여, 사랑하는 네 앞에 떳떳한 엄마가 되기 위하여 힘들게 구축한 모든 것을 뒤에 두고 다시 한번 새로운 생활에 도전했다.

처음에는 한국 정착을 조금 만만하게 생각했던 것도 사실이다. 같은 언어, 같은 문화를 가진 민족이니 노력만 하면 한국 정착도 별거 아닐 것이라고 생각했다. 아무럼 말 한 마디 통하지 않는 중국에서 신분도 없이 죽음을 이겨 내면서 숨어 살아왔는데, 하물며 내 나라 내 땅에서 살아가지 못하겠느냐 하는 배짱과 자존심으로 자신만만했다.

하지만 그것은 오산이었다. 나이가 열 살 가까이 어린 선배에게 훈계를 듣고, 아무리 들어도 알아들을 수 없는 용어를 마주할 때 또다시 어려움에 처한 것이다. 내가 그나마 겨우 손에 쥐고 있는 것은 살아 있는 자존심밖에 없는데, 새터민이라고 깍두기 취급을 받거나 일할 줄 몰라 눈치를 보게 되면 온몸의 힘이 빠지고 앞날이 캄캄해졌다.

하지만 딸아, 엄마는 심각한 우울증으로 헤맬 때도 다시 한번 내 모습을 뒤돌아보며 원인을 찾았다. 무엇 하나 배운 것도 없이 험담밖에 할 줄 모르고, 일이라곤 농사나 힘쓰는 일밖에 할 줄 모르는 중국 사람들 앞에서도 하나밖에 남지 않은 자존심을 마음속 깊이 묻었던 나였다. 그런데 한국에서는? 어린 시절부터 시간을 쪼개며 배우고 피땀 흘려 지식과 경력을 쌓아 온 한국 사람들 앞에서는?

자존심만 살아서 그들이 가르쳐 주는 것을 배우기 싫어하고 훈계도 듣기 싫어한다면, 내가 완전히 어리석은 것이었다.

이곳에 온 나는 진정한 한 살이었다. 너도 생각해 보길 바란다.

한 살짜리 아가가 할 수 있는 것은 무엇일까? 우선은 부모님의 말과 행동을 보며 배우고 또 배우는 것이 전부일 것이다. 아이는 그렇게 한 살 한 살 커 가며 배우고 노력해서, 결국은 자신의 꿈과 희망을 향해 날개를 펴고 날아오를 것이다.

이 사실을 깨닫는 순간 마음에 평온이 찾아왔다. 직장 선배의 나이가 얼마든, 이 엄마는 그보다 더 어린 한 살짜리 어린애였다. 그가 쌓아 온 경험과 인간관계 노하우를 배우며 모든 것을 하나하나 나의 것으로 만들어야만 했다. 그래야 경험이 되고, 경력이 되고, 지식이 되어 언젠가 나의 꿈을 날아오르게 할 날개가 되어 줄 터였다.

그래서 무엇이든 배우려고 애를 쓰고 노력했다. 물어보고 또 물어봤다. 질문을 너무 자주 하는 바람에 동료들이 귀찮아할까 봐 커피와 간식을 사다 주기도 했다. 항상 미소와 함께 "미안해요, 죄송해요."라는 말을 입에 달고 살았다. 힘으로 할 수 있는 모든 것은 도맡아 하려고 노력했다. 힘을 쓰는 일은 누군가에게 물어보지 않고도 잘할 수 있는 일이어서, 그것으로라도 좋은 인상을 남기려고 애를 썼다.

센터의 상담사 선생님들이나 지인들은 취업 후 3개월을 채우기가 참 힘들다고 했다. 그래, 솔직히 이 엄마 역시 너무나 힘들었다. 스트레스가 쌓이고 쌓여 모두 다 때려치우고 싶어질 때가 너무 많았다.

하지만 아무것도 없는 나를 믿고 기회를 준 대표님이나, 취업에 성공했다고 어깨를 두드려 주던 지인들의 모습이 눈앞에 아른거렸다. 이만한 역경도 이겨 내지 못한다고 생각하니 내 인생을 위해 사선을 넘었던 그 모든 나날들이 아깝기도 했다.

나는 오직 지금 머무르는 곳에 두 발을 붙이고 서기 위해 모든 노력을 다했다. '능숙한 일 처리'라는 목표를 세우고 그를 향해 노력하다 보니, 그렇게 어려워 보이던 문제들도 점차 단순해지기 시작했다.

네가 이 이야기를 들어 본 적이 있을지 모르겠다.

두 제자가 스승으로부터 활쏘기를 배우고 있었다. 스승은 과녁을 조준하고 있는 한 제자에게 지금 무엇이 보이느냐고 물었다. 그 제자는 "과녁과 그 곁에 있는 소나무가 보입니다."라고 대답했다.

그러자 스승은 당장 활을 놓으라고 소리를 쳤다. 그리곤 옆에 있던 다른 제자에게 똑같은 질문을 던졌다. 그 제자는 이렇게 답했다. "까만 점 하나만 보입니다."

그제야 스승은 머리를 끄덕였고, 두 번째 제자가 쏜 화살은 과녁의 한가운데에 정확히 꽂혔다. 스승은 그 모습을 보며 "활을 쏠 때 가장 중요한 것은 집중이다. 오직 과녁의 중심에만 모든 정신을 모아야 하는 법이다."라고 말했다. 활을 쏘려면 과녁이 있어야 하고, 그 과녁에 명중시키려면 모든 정신을 점 하나에 집중해야 한다.

딸아, 이렇듯 우리의 인생에도 목표가 있어야 한다. 한 가지의 목표를 위해 모든 정신을 집중하고 노력하면 아무리 어려운 문제라도 언젠가 풀리기 마련이다.

이런 마음으로 엄마는 한 살이라는 생각을 가진 채 닥치는 대로 배우려 했다. 목표를 향해 온몸의 정신을 집중하고 노력했다. 언젠가 그 노력이 성공을 위해 날아갈 수 있는 날개가 될 것이라 믿어 의심치 않으며, 조금씩 성장해 걸어갈 수 있었다.

모든 것은 묻는 것에서부터

엄마는 인생을 '죽는 순간까지 배워 나가는 여정'이라고 생각한다. 원래도 배움이라는 것을 몹시 좋아하는 성격이라 어디에서나 배우는 것을 소홀히 하지 않았다. 이제 정보의 홍수 속에서 살아가고 있는 지금, 자신에게 맞는 것이나 배울 수 있는 것들을 추려 내는 일도 중요하지만 자신이 알고 있는 것에서 폭을 넓혀 나가는 것도 중요하다.

관심 분야도 좋고 취미 생활도 좋다. 만일 네가 좋아하는 분야가 있다면 그것을 집중적으로 배우겠다고 마음먹어라. 그런 과정을 거쳐야 온전히 자신의 것으로 만들 수 있다.

딸아, 자신의 잠재력을 과소평가하지 마라. 한 사람의 내면에는 아직 깨어나지 않은 수많은 능력이 있으니. 상처받았던 자신의 마음을 치유해 주고, 꿈을 향해 걸어가기 시작하면 언젠가는 반드시 숨어 있던 능력을 펼칠 수 있을 것이다.

자신이 진정으로 원하는 것이 무엇인지, 어떤 일을 할 때 가장 기쁘고 행복한지, 자신이 정말로 성취하고 싶은 것이 무엇인지를 고민하며 스스로와 대화를 나누다 보면 가야 할 길이 하나씩 보이기 시작할 것이다.

마음을 열어야 한다. 문제는 문제 그 자체에 있는 것이 아니라, 문제에 반응하는 태도에 달려 있다. 재능을 타고난 천재가 과연 몇이나 되겠니? 노력은 성공의 어머니라고도 하고, 또 성공의 90%는 노력이라고들 하는 것처럼 말이다.

엄마는 어려서부터 질문하는 것을 좋아했다. 배운 것을 두고 나름의 사색도 즐겼고, 그것을 생활에 적용해 보려고 노력했다. 그 탓에 학교 선생님께 시끄럽다는 눈총을 많이 받았고, 집에서도 종종 다른 방으로 쫓겨나기도 했다. 공부를 할 때, 혹은 책을 볼 때 질문이 너무 많아 부모님을 시끄럽게 했던 것이다.

하지만 나는 변치 않고 '입이 있고 머리만 있으면 못할 일이 없다.'는 생각을 가지고 있다. 중국에서 보냈던 그 어려운 나날 중에도 이러한 생각이 생활의 지름길을 많이 알려 주었다. 모르면 물어보는 것, 배우는 것에서부터 모든 것을 시작했다. 하나원에서는 세상이 전부 새로워 보였다. 사소한 술 문화부터 꿈에서도 상상해 보지 못했던 대통령 탄핵까지, 그간 내가 알고 살아왔던 것과는 너무나 다른 시대의 모습이었다.

수없이 뻗어져 나간 지하철의 노선도를 볼 때는 얼이 빠졌고, 버스를 타려고 해도 정류장을 찾지 못해 허둥지둥했다. 그러면서도 남들에게 물어보자니 너무 쉬운 일이라 체면이 떨어지는 것 같고, 고민 끝에 혼자 짐작한 대로 행동하다가 길을 잃어 헤매는 일도 종종 생겼다.

이 모든 경험 끝에 내가 알게 된 사실은 우선 가지고 있던 것들을 내려놓아야 한다는 것이었다. 그다음엔 내가 모른다는 걸 인정하고, 물어보는 것이 가장 좋은 방법이라는 것을 받아들여야 했다.

대한민국은 자본주의 경쟁 사회다. 이 땅을 살아가는 사람들은 하루하루 저마다의 기술과 능력을 갈고닦으며 끊임없이 발전하고 있다. 이런 빠른 변화에 발맞춰 살아간다는 것을 상상하기는 힘들었지만, 그래도 그 흐름을 따라 나아가려면 묻고 배워야 했다. 딸아, 이것이 너에게는 가장 중요한 조언일 것이다.

앞에서 엄마가 공연예술 코디네이터 교육을 받았던 적이 있다고 말한 걸 기억하니? 그때 함께 교육받았던 여성들을 보며, 사람은 경력과 나이를 불문하고 무조건 배워야 한다는 것을 다시 한번 깨달을 수 있었다.

그들은 대부분 은행이나 대기업에서 쌓은 10여 년의 경력을 가지고 있었다. 그럼에도 자신의 꿈을 찾아 다시 처음부터 도전하고 배우는 모습을 보면서, 사람은 죽을 때까지 배워야 한다는 것을 마음 깊이 느낀 것이다. 또한 그들은 강의를 알아듣기 힘들어하는 나에게 수업 내용이 무슨 뜻인지 하나하나 해석해 주곤 했다. 모를 때 물어보는 것은 부끄러운 일이 아니라는 걸 행동으로 가르쳐 준 사람들이었다.

당시 같이 교육을 받은 후 공연예술 코디네이터로 취직한 문 언니는 인터뷰에서 "나이 어린 상사에게 존경심이 느껴진다."는 말을 한 뒤 이런 질문을 받았다.

"평범한 직장인이면 은퇴를 준비할 나이인데, 어린 상사에게 지적받는 일이 어렵지는 않았나요?"

언니는 답했다.

"저도 평범한 중년처럼 모든 일에는 어느 정도의 융통성이 필요하다고 생각해 왔지만, 극장은 그렇지 않았어요. 완벽해야만 살아남을 수 있는 극장에서 일하며 점점 완벽주의에 대한 존경심이 생겨났죠."

나는 이런 언니들의 모습을 보며 아무런 경력도 없이 오직 좋아한다는 이유 하나로 교육에 뛰어든 내 모습을 생각했다. 그러니 내게 맡겨진 업무를 해내기 위해서는, 무조건 물어보고 배워야 한다는 것을 절실하게 느꼈다.

이제는 너도 귀에 못이 박히도록 들어 알겠지만, 패션 업계의 문 앞에도 서 보지 못한 이 엄마가 업계에서 자리를 잡고 일어선다는 것은 정말 보통일이 아니었다.

차고 넘치는 전문 용어는커녕 처음엔 '브랜드'라는 말 자체도 알아듣지 못했다. 더구나 사방에서 수없이 쓰이는 영어는 머리까지 아프게 했다. 고객의 물음에 대답을 하는 건 고사고, 그 질문이 무엇인지 알아듣지도 못했다. 그것이 이 엄마의 출발점이었다. 고객의 말을 알아듣는 것, 그 단순한 일만 해도 한 달이라는 시간이 걸렸다.

그렇다고 이제 와서 때려치우자니 취업을 위해 고생했던 나날이 눈에 선했고, 그저 믿음 하나로 내게 기회를 준 송윤일 대표님께도 미안한 마음이 들었다. 취업에 성공한 나를 얼싸 안고 어깨를 두드려 주며 앞으로 더 잘될 것이라는 응원을 건네 온 권사님들도 아른거렸다.

나를 믿어 준 사람들의 믿음을 저버리기는 싫었다. 또한 내 모든 것을 다해서라도, 그 어떤 수단과 방법을 다해서라도 스스로에게 후회를 남기고 싶지 않았다.

일분일초를 쪼개어 물어보고 배워 갔다. 어린 상사와 동료들에게 끊임없이 질문했다. 너무도 고마운 분들이었다. 물어보는 나까지 시끄럽다고 느껴질 정도였는데도, 그분들은 아랑곳 않고 더 쉽게 설명해 주려 온갖 애를 썼다. 심지어는 내가 대답을 알아듣지 못할까 봐 단순한 용어로 해석한 문서를 보내 주거나 직접 손으로 적어 주기도 했다.

배우겠다고 노력하는 모습이 더 고맙다며 응원해 주던 사람들. 때로는 너무 스트레스받지 말고, 천천히 배워 가면 언젠가 최고의 전문가가 될 수 있을 거라는 용기까지 주었다. 나이 어린 상사와 이제는 퇴사했지만 내게 많은 것을 가르쳐 준 동료를 평생 잊지 못할 것이다.

딸아, 엄마는 이렇게 모든 것을 묻는 것에서부터 시작했고 그 배움 속에서 성장할 수 있었다. 너무 힘든 순간에는 두 손을 모아 하나님께 기도하며 고난을 극복할 지혜와 용기를 달라고 빌고 또 빌었다. 하나님이 주신 마음의 평안함과 엄마의 도전 정신이 더해져 한 걸음 한 걸음 더 나아갈 수 있는 발판이 되었다.

힘들고 어려운 시련은 그때를 잘 이겨 내면 곧 지나가기 마련이다. 설령 이겨 낸 시련이라도 언제든지 색깔이나 모양을 바꾸고 다시금 너를 찾아올 수 있다. 하지만 그 고비를 끝내 이겨 낸다면 결국 한층 더 성숙한 네가 된다.

네가 앞으로 걷게 될 인생길에 산전수전이 다 찾아오더라도, 자기 자신에 대한 사랑만큼은 놓지 않기를 바란다. 비에 젖고, 바람에 흔들리고, 서리에 시달리는 나무가 결국은 더 깊게 뿌리 내려 장수목이 되는 것처럼 말이다.

딸아. 진실하게 살아간다는 것은 무엇일까? 자신의 삶을 어떻게 변화시키고 싶은지 끊임없이 고심하고 행동으로 옮기도록 하자. 우리는 자신이 진정 누구인지, 가장 잘하는 것이 무엇인지를 깨달아야 한다. 그리고 그 과정에서 비로소 꿈과 희망을 찾아낸다면, 열정은 활활 타오를 것이다.

그저 똑같은 인간

사랑하는 딸, 세상에 태어나 단 한 번 누릴 수 있는 인생의 주인 공은 과연 누구일까? 바로 자기 자신이다. 아름다운 욕망을 발견 해 꿈을 꾸고, 그것을 향해 가슴 뛰는 열정으로 달려가려면 자신 에 대한 굳은 신념과 믿음, 그리고 지치지 않고 달려갈 수 있게 만드는 원동력이 필요하다.

사람은 무엇을 보느냐에 따라 모습이 변해 간다. 따뜻한 햇살 과 푸근한 흙이 든든한 거목을 자라게 하듯이, 이해와 배려를 바 탕으로 한 사랑은 성공을 향해 달리는 원동력이 되어 준다.

대한민국에 첫발을 디딘 내게 들이닥친 고난은 수없이 많았 다. 같은 핏줄을 타고난 한민족이지만 70여 년의 분단으로 생긴 언어와 문화 차이 때문에 당황하는 일이 한두 번도 아니었다. 혼 자 낯선 곳에서 새로 시작해야 한다는 외로움과 두려움도 나를 휩싸 안았다. 아무것도 모르는 백지 같은 경력도 발목을 잡아당 겼다. 하지만 이 모든 것을 극복할 수 있도록 나를 부추겨 세우 고, 미소로 인생을 마중해 나갈 수 있는 용기와 힘을 준 것이 바로 이해와 배려를 바탕으로 한 사랑이었다.

딸아, 한국에는 수많은 새터민들이 있다. 그들이 으레 그러하듯이, 엄마도 외로움과 두려움 속에서 먼저 찾은 곳이 교회였다. 나를 택해 무사히 한국까지 인도해 주신 주님의 은혜를 잊지 말아야겠다고 생각한 것이다.

교회에 찾아온 나를 권사님, 집사님들이 친형제처럼 따뜻하게 맞이해 주었다. 이곳을 친정으로 생각하고 생활하면 주님 안에서 외로움과 두려움을 이겨 나갈 수 있을 것이라고 손등을 도닥여 주시는 말씀에서 나는 사랑을 느꼈다.

여태껏 나는 사랑을 주기 위해 살아가는 것으로 알고 있었다. 그런 내게 대한민국에서 인생 처음으로 '너는 사랑을 받기 위해 태어난 사람'이라는 말을 해 준 것이다. 그 따스한 말에 목이 메어 하염없이 울었던 날이 생생하다. 사랑을 받는다는 것이 이렇게 따뜻하고 평안한 것인 줄 모르고 있었다.

처음 한국에 와서 아무것도 모르는 내가 실수를 할 때마다 교인들은 수많은 이해와 배려로 나를 대해 주었다. 그들 속에서 나역시 사랑을 주고받는 법을 배웠고, 이해하고 배려하는 법을 배웠다.

그들은 인생을 살아가기 위해 필요한 인간관계 맺는 법을 행동으로 가르쳐 주었다. 어려운 일이 생길 때마다 제일 먼저 손을 내밀어 주며 용기를 건넨 그분들에게서 먼저 내미는 사랑의 손

길을 배웠다. 씨앗을 심으면 싹이 자라나듯이, 사랑을 주면 사랑으로 자라나는 것이었다. 무슨 일이 생겨 전화하면 낮이든 밤이든 함께 원인을 찾고 더 나은 방도를 물색해 주던 사람들이었다.

많은 사람들이 내가 그렇게 힘든 취업에 성공했어도 3개월을 이겨 내지 못할 거라고 못 미더워했다. 하지만 교인들의 이해와 배려를 바탕으로 한 사랑은 어려움을 이겨 내게 하는 원동력이 되어 주었다. 그분들 도움 속에서 나는 한 발짝씩 대한민국 정착의 길로 향하는 발걸음을 뗄 수 있었다.

이렇듯 엄마의 친구들은 나를 인복이 있는 사람이라고 하며 부러워하곤 한다. 평양에서 왔다는 나의 솔직한 고백에도 아무런 편견 없이 잘 왔다고, 여기까지 오느라 얼마나 고생했냐며 손을 내밀어 주던 동료들의 사랑이 나를 일으켜 세웠다. 그것이 엄마가 지금까지 버틸 수 있는 원천이었다.

또한 이 엄마는 자신이 어떤 일을 해낼 수 있다고 믿으면 실제로도 해낼 수 있게 된다고 믿으며 살아왔다. 신념은 원하는 바를 성취하게 해 주는 힘이다. 이런 굳은 신념은 다른 사람이 불가능하다고 생각하는 일도 해낼 수 있게 만들어 준다.

긍정적인 모습과 할 수 있다는 신념은 동료들의 이해와 배려를 불러왔다. 마음의 소통이 이어지자, 매니저님을 비롯한 동료들과의 완만한 관계로 이어졌다. 이런 사랑과 이해, 배려 속에서 점차 매장에 발을 붙일 수 있게 되었다. 그리고 지금은 동료들과

착착 손발을 맞추며 보람차고 행복한 하루하루를 보내고 있다.

딸아, 엄마는 나와 같은 새터민들에게 말해 주고 싶다. 새터민이라는 사실을 억지로 숨기고 살 필요가 없다고. 결국은 다를 바 없다. 우리도 똑같은 인간이고, 다른 점이 있다면 그저 고향이 다르다는 것뿐이다. 비전과 희망을 가지고 노력하는 자세는 결국 다 같다.

물론 처음에는 엄마도 새터민이라는 걸 밝히는 게 두렵기도 했다. 혹여 한국 사람들이 새터민을 색안경 쓰고 보진 않을까 참 많이 두려워했다. 그런 이유로 내 출신을 숨기려 노력한 적도 있었지만, 이상하게도 숨기면 숨길수록 오히려 더 주눅 들고 스트레스를 받을 뿐이었다.

결국엔 그저 성실하게 근면하게, 모든 것을 긍정적으로 보고 살아가야겠다고 마음먹었다. 옛말에도 웃으면 복이 찾아온다고 했다. 웃으며 살아도 한생이고 울면서 살아도 한생인데, 어째서 생의 아까운 시간들을 불평과 불만으로 보내겠니.

모든 불평과 불만을 털어 내고 모든 문제를 긍정적으로 풀어나가려 노력하니 점점 좋은 일만이 나를 찾아왔다. 그렇게 내 생활은 열정으로 타올랐다. 어느 날엔 내가 새터민이라는 것을 아는 분들도 "열정적으로 살아가는 모습이 너무 보기 좋다."며 어깨를 다독이고 응원해 주기도 했다.

너 역시 한국에서 태어난 이는 아니기에 어디서든 색안경을 쓰고 대하는 사람들을 만날지도 모른다. 다만 기억해라. 그들은 오직 너만을 그렇게 대하는 게 아니다. 그런 사람들은 자신과 조금이라도 다른 이들을 모두 색안경 쓰고 대할 것이다. 그건 그냥 그들의 습관일 뿐이라고 이해하자. 그러면 모든 것이 쉬워진다.

엄마의 말을 기억해라. 이 세상에는 좋은 사람이 더 많은 법이다. 소수의 불완전한 사람들 때문에 네게 손 내밀고 마음을 여는, 또 이해해 주고 배려해 주는 수많은 사람들까지 멀리하지 않았으면 좋겠다. 그것은 온전히 너의 손해가 될 것이다.

비전을 가지고 희망을 위해 모든 힘을 발휘해라. 그러면 너의 그 아름다운 모습에 기꺼이 손 내밀어 도와주려는 수많은 사람들이 생겨날 것이다.

꿈꿀 수 있는 자유를 위해

어린 너에게는 한없이 가까운 이름, 바로 '꿈'일 것이다. 사람은 누구나 인생의 꿈을 꾼다. 과학자의 꿈, 의사의 꿈, 작가의 꿈… 어떤 꿈을 가지고 있는지는 모두 다르지만, 우리에겐 인생의 꿈을 꿀 수 있는 자유가 있다.

끝없는 인내와 노력으로 마침내 꿈을 이루어 성공한 삶을 살아가는 이도 있을 것이고, 지금도 그 꿈을 향해 노력 중인 이도 있을 것이다. 혹은 그저 밤잠을 설치며 꾸었던 것처럼 새벽에 일어나 꿈을 잊어버리고 사는 이도 있을 것이다.

그러나 딸아, 사람은 꿈과 희망을 가지고 있어야 한다. 그래야 완전한 인생이라 할 수 있다. 꿈을 이루기 위해 도전하는 달고 쓴 여정이 바로 성공인 것이다.

어찌 보면 이 엄마가 지금껏 살아온 인생은 남을 위해 살아온 것이기도 하다. 가족을 위해 살아왔고, 은혜를 갚기 위해 살아왔으며, 하나뿐인 딸, 너의 행복을 위해 모든 힘을 다해 살아왔다.

가족을 살리기 위해 압록강을 건넜지만 그들을 볼 수조차 없게 되었고, 네 행복을 위해 모든 힘을 다했지만 노력하면 할수록 가난에 찌들어만 갔다.

그때는 몰랐다. 진정으로 이루고 싶어 하는 모든 꿈은, 내가 행복하지 못할 때 나를 피해 멀리 달아나 버린다는 것을.

대한민국에 입국한 후로는 자신만의 꿈과 비전을 찾아 성공한 삶을 살아가라고 배웠다. 하지만 그런 느긋한 말이 귀에 들어올 리 없었다. 무슨 일을 해서라도 돈부터 벌어야 한다고 생각했던 내게서 조급함이 걷잡을 수 없을 정도로 커져만 갔다. 그렇게 이 엄마는 우울증에 시달리게 되었다.

그러던 어느 날, 심리 상담사 선생님이 이런 말을 했다.

"어째서 '나'는 뒷전에 놓고 남들만을 위해 살려고 하나요? 조금 바꿔서 생각하면 선생님이 떠올리고 있는 그들도 선생님이 행복하길 바라지 않을까요? 선생님이 이렇게 힘들어하고 행복해하지 못한다는 것을 알면, 그들은 과연 행복해질까요?"

그 말을 들었을 때, 줄곧 걸어오고 있었던 캄캄한 터널 속에 한 줄기 빛이 스며드는 듯했다. 그렇다. 부모님은 내가 이렇게 고달프고 힘들게 사는 것을 바라지 않을 것이다. 언니를 애타게 기다리고 있을 나의 동생도, 언니가 행복하기만을 바랄 것이었다. 헤어지던 날 엄마를 구슬프게 부르던 내 딸, 너도 한편으로는 엄마의 행복을 바라고 있을 터였다.

그러니 이젠 나도 행복을 찾아야 했다. 행복이란 무엇일까? 자유롭게 하고 싶은 일을 하고 꿈과 포부를 품는 것, 그리고 그것을 실현해 나가는 과정이 행복인 걸까?

그렇다면 우선 꿈을 찾아야 했다. 아주 오래전에 물거품처럼 사라져 버린 그 꿈을, 이제는 뒤늦게나마 다시 한번 펼쳐 보고 싶었다.

딸아, 엄마는 책을 무척 좋아한다. 어릴 때부터 독서를 통해 글을 배웠고, 힘들어도 책 속에서 위안을 찾았다. 아무리 어렵고 고달픈 날이어도 이야기 속 주인공들과 함께 울고 웃으며 그들의 의지를 배웠다. 그런 엄마에게 책은 하루를 살아갈 수 있는 힘의 원동력이었다.

그 덕에 글을 쓰면서 내 손으로 직접 주인공들의 운명을 그려 나가고 싶었다. 내 손에서 태어난 주인공들과 함께 시련을 이겨내고 희망을 꽃피우고 싶었다. 그들과 함께 내 인생의 희망도 꽃피울 수 있기를 바랐다. 하지만 이런 꿈도 이제는 접은 지가 10여 년이나 지났다. 너무 늦은 건 아닐까, 내가 해낼 수 있을까?

확신이 없었던 나였지만 용기를 내어 시작했고, 버거운 날에도 포기하지 않았기에 이제는 책 한 권이 완성되어 간다. 우여곡절 많았던 나의 지난 이야기가 지쳐 쓰러진 누군가에게 일어설 수 있는 조그마한 힘이 되어 준다면 좋겠다.

내 딸, 부디 너뿐만이 아닌 이 땅의 모든 딸들에게 내 얘기가 굴하지 않는 의지로 다가와 힘이 되어 줄 수 있다면 좋겠다. 이것이 나의 자그마한 소원이고 꿈이다.

한국 땅에서 꿈을 펼치기 시작한 너처럼 엄마의 꿈도 이제야 시작되었다. 내 인생에서 제대로 누리지 못했던 제2의 청춘도 이 제부터 시작이다. 소설 속 주인공과 함께 울고 웃는 것이 가장 행복한 시간이었던 만큼, 지금 엄마는 소설가라는 꿈도 꾸고 있다. 꿈을 피워 가는 앞길에 분명 꽃길만이 펼쳐지지는 않을 것이다. 진창도 있을 것이고, 가시밭길도 내 앞을 가로막고 있을 것이다.

하지만 나는 이제 아무것도 두렵지 않다. 꿈을 키워 가는 길, 희망을 안고 가는 길이다. 꿈 없이 살아온 날들도 이겨 낸 엄마 인데, 꿈을 안고 전진하는 지금 인생에 두려울 것이 무엇이겠니? 그동안은 백 번 쓰러지고 백 번 일어났다고 하면, 이젠 백 번 쓰 러지더라도 천 번 일어날 굳은 신념으로 나아갈 것이다.

엄마가 유독 사랑하는 나무가 있다. 그것은 대나무다. 폭풍우 속에서 쓰러지고 휘어졌다가도 꺾일 줄 모르고 다시 일어서는 불굴의 모습은 우리가 꼭 배워야 할 모습이다.

딸아, 기억해라. 꿈을 안고 살자! 밤에 꾸고 새벽이면 흘려보 내는 그런 꿈은 안 된다. 아무리 어렵고 힘겨워도 가슴에 안고 피 워 나가는, 성공의 희열을 느낄 수 있는 그런 꿈을 안고 살아가 자. 그것이 후회 없는 인생일 테니.

내 인생의 꿈은 이제부터 진짜 시작이다. 앞으로 펼쳐질 인생 의 꽃길을 그려 보며 행복한 삶을 꿈꿔 본다.

우리에겐 한계가 없다

"아니, 그걸 어떻게 해?"
"난 도전할 나이가 지났어."
"난 능력이 안 돼."
"하다가 실패하면 어떻게 하지?"

딸아, 많은 사람들은 새로운 일을 시작할 때 수많은 이유와 두려움으로 포기하거나 뒤로 물러선다. 하지만 목표를 세우고 사소한 것부터 시작한다면 어느새 목표는 코앞에 다가와 있을 것이다. 정상을 바라보며 등산하는 것과도 마찬가지다.

등산길에 오를 때 산꼭대기를 바라보면 그 높이에 정신이 아득해진다. 언제 저길 다 오르나, 오늘 안에 오를 순 있나 하는 생각에 막막함이 앞선다. 하지만 한 걸음 한 걸음 오르다 보면 정상은 어느새 너의 앞에 펼쳐지게 된다.

시작이 반이며, 내딛는 첫발이 가는 길의 팔 할이라고 한다. 첫발을 내어 디딜 수 있는 용기가 필요한 것이다. 내일 일은 내일 걱정하고, 오늘 일은 그저 잘해 나가면 된다. 그것이 인생의 발자국이 되고 내일을 향한 길이 되어 줄 것이다.

인간의 능력은 무궁무진하다. 한국에만 3만여 명이 존재하는 새터민들 중 총부리를 뒤에 두고 압록강을 건널 때, 그 길이 성공할 수 있는 길이라고 확신하며 떠난 사람이 몇이나 있었겠니? 중국 공안에 붙잡혀 북송당할 때, 그 지옥보다 더 무서운 곳을 탈출해서 다시 한국 땅에 발을 디딜 수 있다고 생각한 사람은 또 몇이나 됐겠니? 이제는 좀 안정된 생활을 뒤에 두고 중국 대륙을 가로질러 라오스, 베트남, 태국을 거쳐 한국으로 100% 무사히 올 수 있다고 생각한 사람은 몇이나 되고?

수많은 불확실성 속에서도 그들은 자유라는 꿈을 향한 발걸음을 멈추지 않았다. 실패를 각오하고 떠난 사람들이 결국 자유를 찾고 꿈을 이루는 것이다.

이 엄마도 그런 수많은 사람 중 한 명이었다. 희망을 품고 결단을 내렸기에 압록강을 건널 수 있었고, 짐승처럼 팔려 다니면서도 신념을 버리지 않았기에 신분 없이 숨어 살면서도 여러 일에 도전해 기적을 만들어 갈 수 있었다.

성경을 사흘 만에 1독한다는 말을 누가 믿을 수 있을까? 하지만 해야만 한다고 결심한 후 시작했기에 주님 안에서 평안을 선물 받을 수 있었다. 또, 여태껏 해 온 일이란 식당 일밖에 없었지만 한국에 와서까지 그 일을 하고 싶지는 않았다. 그래서 결단력 있게 포기하고 새로운 공부를 시작했다. 경영을 공부하며 서비스직을 택했고, 선택할 수 있는 용기를 가졌기에 지금은 화려한 매장에서 은은한 음악과 함께 즐거운 일을 할 수 있는 것이다.

딸아, 하겠다고 결심한다면 못 할 일은 없다.

미국 최고의 방송인인 오프라 윈프리Oprah Gail Winfrey는 "이 세상에는 엄청나게 크고 위대한 힘이 있는데, 그 근원과 스스로를 계속해서 연결시키면 그 위대한 힘이 자신 안에 있던 에너지와 능력을 이끌어낸다."고 했다. 그러면서 자신 역시 특별한 사람이 아니기에 누구라도 자신처럼 해낼 수 있다고, '위대한 힘이 나를 움직인다는 믿음' 그 자체가 바로 '비전이 모든 것을 가능하게 한다.'는 것을 입증하는 것이라고 했다. 그러니 자신을 위해 가장 높고 가장 원대한 비전을 품으라 말한다.

내가 한국에서 너의 입학을 위해 한꿈학교를 찾았을 때, 그 위대한 힘과 비전이 주는 힘을 느낄 수 있었다. 한꿈학교는 새터민 청소년들과 탈북민 제2세대를 능력 있는 사람으로 키워 보자는 목표를 가지고 고마운 분들의 후원으로 세워진 학교였다.

아무것도 없는 곳에서 시작한 이 학교는 얼마나 많은 재정과 노동력, 피나는 노력이 더해져 탄생했을까? 그 학교를 운영해 가는 데는 또 얼마나 많은 난관이 앞을 가로막을 것인가? 상상도 하지 못할 일이었다.

하지만 학생들에게 사랑과 희망을 안겨 줄 배움터를 만들겠다는 신념과 비전이 있었기에 그 모든 일이 가능했다. 길지 않은 생에 느꼈던 외로움과 두려움을 잊고 활짝 웃는 모습으로 공부하고 있는 아이들을 보며 성공을 맛볼 수 있었을 것이다. 간절한 마음 하나면 충분하다. 그 어떤 경우에도 간절한 마음으로 원하는 일을 포기하지 않고 해 나가다 보면 언젠가는 행복한 시간이 늘어나게 마련이다.

탈북민들은 스스로를 가리켜 '먼저 온 통일'이라고 한다. 탈북 주민들은 하나의 징검돌이 될 수 있다. 남과 북 모두에서 살아 본 경험을 살려 언젠가 올 평화 통일을 준비해 나가는 것이 나의 꿈이고 희망이다. 통일 후 제일 힘든 시기는 10년이 지났을 때라고 한다. 그러니 우리는 통일 후 10년을 위해 미리 준비해 나가야 할 것이다.

남과 북에서 살아온 경험을 책에 담아 수많은 사람들에게 보여 주며, 그 차이를 극복하기 위한 길을 모색해 나갈 것이다. 그것이 나의 비전이다.

딸아, 인간의 능력에는 한계가 없다. 비전을 갖고 네가 할 수 있는 자그마한 일부터 시작하도록 해라. 실패 속에서 경험을 찾고 목표를 위해 배우고 노력하면 할 수 없는 일은 없다. 길이 있기 때문에 가는 것이 아니라, 내가 가기 때문에 길이 생기는 것이다. 이처럼 자신에 대한 확고한 믿음과 노력은 상상할 수 없는 능력을 낳고 기적을 창조한다.

오늘을 자신의 능력에 대한 믿음과 할 수 있다는 열정으로 채워 가자. 남달리 뛰어난 재능과 능력이 있으면서도 용기가 없어서 이루지 못하는 사람들이 얼마나 많은지 알고 있니? 가시밭길이나 낭떠러지가 앞을 막는다 해도 꿋꿋이 나아간다면 가시밭길을 헤쳐 나갈 지혜와 능력, 낭떠러지를 건너 뛸 힘과 용기가 주어질 것이다.

이 엄마는 오늘도 내 능력의 한계를 무한히 넓히기 위해 노력하고 있다.

딸아, 세상의 모든 딸들아

내 딸! 너의 인생에도 앞으로 만날 수많은 사람이 있을 것이다. 사람을 잘 만나는 것도 복이고, 관계를 잘 맺어 가는 것도 복이며, 좋은 인연을 이어 가는 것도 크나큰 복이다.

"대리님, 왜 이렇게 피곤해 보여요?"

"퇴근 후에 강의 듣고 리포트까지 쓰다 보니 너무 피곤하네요. 거기에다가 왜 그렇게 힘들게 사냐고, 이 정도면 충분하다고 하는 말을 들으니 다 때려치우고 싶어요."

"대리님, 희망을 안고 더 큰 비전을 향해 노력하는 그 모습이 저한테는 너무 훌륭해 보여요. 그런 대리님이 존경스럽고 마음에 들기도 하고요. 포기하지 마세요. 자립할 수 있는 인생, 성공적인 인생이 얼마나 행복해요. 그날을 향해 한 걸음 내디딘다고 생각하면서 포기하지 마세요. 그게 참된 인생 아닐까요?"

스트레스로 힘들어하는 나를 볼 때마다 매니저님이 항상 해 주었던 말이다. 너무 힘들어 때려치우고 싶고 주저앉고 싶었지만, 매니저님이 주는 위안과 용기로 오늘까지 꿋꿋이 버텨 올 수 있었다.

이런 말을 들어 보았는지 모르겠다. '친구 따라 강남 간다.' 이 말처럼 인생에서 누구를 만나느냐에 따라 미치는 영향은 이루 말할 수 없이 크다. 누군가가 힘들어할 때 옆에서 용기를 주는 말 한마디를 건네 보자. 그가 기적을 창조할 수 있는 계기가 되어 줄 수도 있다.

딸아, 엄마는 한국에서 생활하면서 종종 듣곤 하는 말이 있다.
"넌 인복이 많은 것 같아."

그 말대로다. 나는 한국에서 생활한 지 얼마 되지 않았음에도 좋은 분들을 정말 많이 만났다. 그들은 나에게 성공을 향한 지름길을 마련해 주고, 그 길에서 지쳐 주저앉아도 일어나 걸어갈 수 있는 용기와 힘을 주었다. 지금도 모두 내 옆을 지켜 주고 있는 사람들이다.

자유의 나라라는 한국에 처음 왔을 때 모든 것이 새롭게 느껴졌다. 생각 없이 즐길 수 있는 향락의 생활은 여기저기에서 나에게 손짓했다. 어린 너는 잘 실감하지 못할 테지만, 그런 의미에서는 참 편하고 좋은 세상이었다. 먹고 마시고 즐길 수 있는 유혹, 힘들이지 않고도 돈 벌 수 있는 생활… 그것들은 나를 향해 끊임없이 손짓했고, 여태까지 힘들게만 살아온 나에겐 그 유혹을 거절할 만한 용기가 부족했다.

그때마다 교회 권사님들은 항상 나 자신을 지키고 희망과 비전을 향한 삶을 살아야 한다고 일깨워 주었다. 주님의 사랑으로 유혹을 이겨 내고, 주님의 사랑으로 성공하는 삶을 살아야 한다고 말해 주었다. 그들의 세심한 보살핌과 주님의 사랑으로 수많은 유혹을 물리치고 희망의 목표를 세워 비전으로 향하는 길을 걸을 수 있었다.

인생의 모든 것은 관계라 해도 지나치지 않는다. 딸아, 사람은 살아가면서 모든 것들과 관계를 맺는다. 인간관계는 우리 자신을 비추는 거울과 같다. 매력적으로 느껴지는 대상은 언제나 우리가 갖고 있는 특성이나 인간관계에 대한 믿음을 반영한다. 모르는 건 배우고 나의 인생 경험도 타인에게 보여 주며 인간관계를 맺어 나가는 것, 생활 속에서 수많은 이웃들과 관계를 맺어 나가는 것이 바로 인생이다.

나는 내 인생이 잘 풀리기를 진심으로 기도해 주고, 흔들리지 않도록 손잡아 이끌어 주는 고마운 분들 속에서 희망찬 앞날을 그려 나가고 있다. 여기까지 오는 길에 얼마나 고생을 했느냐고, 꼭 행복해야 한다고 자신의 귀중한 인생 경험을 아낌없이 들려 주며 한 발자국이라도 지름길로 걸을 수 있도록 도와주는 인생의 스승들이 나를 지켜보고 있다.

직장에서는 항상 옆에서 더 큰 비전을 향해 날아오를 수 있도록 힘을 주고, 힘들어할 때마다 극복해 나가도록 이끌어 주는 동료도 생겼다. 한국 문화에 서툴러 자주 언행을 실수하는 나에게 사소한 생활 속 문화 차이까지도 설명해 주고 일깨워 주는 선배도 내 옆을 지키고 있다. 긍정적으로 열심히 살아가는 모습이 좋다고 예뻐해 주는 한국 언니들도 생기기 시작했다.

이렇게 수많은 사람들의 도움과 채찍질을 받아, 엄마는 성공이라는 목표를 향해 인생의 지름길을 달릴 수 있었다.

그렇다면 좋은 인연을 맺는 인복은 어디에서 오는 것일까?

한 교수님은 내게 '인생은 부정적이 아니라 긍정적으로 살아야 한다.'고 가르쳐 주신 적이 있다. 고난이 가로막는다 하여 절망하고 쓰러지거나 불평만을 일삼는다면, 인복도 결국 너를 떠나갈 것이라는 말과 함께였다.

실패를 인생의 거름으로 삼자. 할 수 있다는 굳은 의지와 신념으로 배우고 노력할 때가 되어서야 수많은 도움의 손길과 인복이 너를 찾아올 것이다. 누구나 인생의 꽃길만을 걸을 수는 없다. 비가 오나 눈이 오나 목표를 향해 끊임없는 분투를 이루어 갈 때, 함께 걸어갈 길동무가 너를 찾아오는 것이다.

내 딸 수연아, 그리고 세상의 모든 딸들아. 아픔 앞에서도 웃음을 잃지 않고 인생을 맞이하도록 하자. 아무리 괴롭고 힘들어도 밝은 미소로 인생을 맞이할 때 네 곁엔 함께하는 친구가 많아질 것이다. 사랑을 주고 사랑을 받으며 친구들과 함께할 때, 인생길의 무거운 발걸음이 조금씩 가벼워질 것이다.

비전이 있어야 한다. 그래야 네가 무언가를 꿈꾸고, 그것을 이루기 위해 노력할 때 그 길을 함께하는 동반자들이 너의 빈자리를 채워 준다. 함께하는 이들이 있을 때 그들 속에서 배우고 함께 성장해 나갈 수 있으며, 네가 힘들어할 때나 실패로 포기하고 싶어질 때도 그들로 인해 다시 일어나 달릴 수 있을 것이다.

자기 자신에게 떳떳한 인생의 목표, 그리고 그것을 이루겠다는 욕심, 즉 아름다운 욕망이 있다면 그 자체만으로도 이미 인생 목표의 절반을 이룬 것이다.

인생을 바꾸려면 만나는 사람부터 바꿔야 한다. 좋은 사람을 만나면 행복한 삶을 살게 되고, 나쁜 사람을 만나면 인생의 진창 속에서 헤어나기 힘들어진다.

성공한 삶을 사는 사람들, 혹은 성공을 위해 어떤 어려움 속에서도 주저하지 않고 분투하고 있는 사람들을 곁에 두어라. 그들의 정신을 배우고, 그들의 경험을 배우며 굳건히 살아갈 때 네가 바라는 인생의 지름길을 달릴 수 있다. 먼저 내가 더 좋은 사람이 되어 더 나은 사람들을 만나도록 하자.

책을 쓴다는 것은 생각지도 못했던 일이었다. 그런데 지금 책 한 권을 마무리하는 시간을 맞게 되었다. 상상하지도 못했던 일을 용기 내어 시작했고, 결국 성공의 희열을 맛본다.

어린 시절, 작가의 꿈이 물거품처럼 깨졌을 때부터 나는 책을 쓴다는 것을 신성한 일로 생각했다. 배운 것이 많고 휘황찬란한 경력으로 인생을 단장시킨 사람들이나 쓸 수 있는 것이라고 생각했다.

사실은 너무 힘들었다. 가족 친척을 뒤에 두고 떠나야 했던, 죽어서도 다시는 고향에 돌아갈 수 없었던 시절을 글로 적기 위해 회상한다는 것은 아물어 가는 상처를 다시 한번 찢어 헤쳐 보는 것이나 다름이 없었다. 짐승처럼 팔려 가야 했던 인생. 살아가야 하기에 발버둥을 쳤던 그 시절을 회상하며 차마 글을 쓰지 못한 날도 있었다. 그런 날은 눈물로 밤을 새웠다.

하지만 찢기고 아물기를 반복했던 상처투성이 인생이더라도 나는 후회하지 않는다. 그 상처 자국들이야말로 쓰러져도 다시 일어나 달려온 자랑스러운 인생의 훈장인 것이다.

나를 둘러싼 장애물을 뛰어넘기 힘들 때는 부모님을 원망하기도 했고, 잘못 만난 사회를 비난하기도 했다. 하지만 이 모든 것을 뛰어넘어 진정한 삶의 주인으로 사는 길을 찾았을 때, 비로소 내 인생은 새로운 출발을 하게 되었다.

지금까지 버텨 준 나에게 너무 고맙다. 꿈은 어떠한 일이 있더라도 희망을 잃지 않는 사람에게 찾아온다. 그 사실을 믿고, 그 어려운 생활 속에서도 억세게 버텨 준 나에게 고맙다. 모든 것이 장애물로 느껴지고 단 일 분조차도 견딜 수 없을 것 같은 상황 속에서도 기어코 일어나 굳건하게 달려와 준 나에게 진심으로 고맙다.

꿈조차 없었던 내가 꿈을 찾았다고, 이제는 그 꿈을 위해 노력해 나가고 있다고, 성공을 향해 달려가고 있다고 이야기하고 싶다. 남을 위해서가 아니라 나를 위해, 내가 행복하다고 느끼는 것을 향해 살아가는 과정이 성공을 향한 발걸음이라고 믿는다.

그렇게 행복을 선물해 주고 싶었던 내 딸 수연이도 이제는 내 곁에서 행복을 노래하며 삶을 즐기고 있다. 꿈이 있고 희망이 있는 삶, 진정 원했던 인생이다. 힘든 시기도 보냈고 고난도 겪어보았기에 이 행복이 얼마나 단 것인지 뼈저리게 느낀다. 그래서 찾아온 행복을 놓치지 않으려면 더욱더 배우고 노력해야 한다는 것을 매일 되새긴다.

항상 나는 '겨울이 왔으니 봄도 가까이 다가올 것'이라고 자신을 위안하며 다시 일어나곤 했다. 그렇게 고달프고 힘든 인생을 용케 버티며 달려온 나이기에, 기나긴 19년의 겨울을 보내고 인생의 봄을 맞이했다.

사랑하는 내 딸과 함께 고향이 보이는 압록강, 두만강 강변을 걸어 보고 싶다. 엄마의 비전과 희망을 이야기하며 세계 여러 나라를 여행하고, 중국의 산골이 아닌 세계라는 무대를 내 딸의 눈앞에 펼쳐 주고 싶다. 언젠가는 사랑하는 딸과 함께 고향 땅도 밟아 볼 수 있으리라 굳게 믿는다.

마지막으로 지금도 생사 여부를 모르는 나의 아버지, 동생… 행복한 삶을 살고 있는 나를 본다면 분명 기뻐하시리라 믿는다.

때때로 '그때 아버지, 동생과 함께 풀죽으로 끼니를 때우더라도 함께 울고 웃었어야 하지 않았을까? 그게 행복이지 않았을까?' 하고 자책할 때도 많다. 살아도 함께 살고, 죽어도 함께 죽었더라면 그 파란만장한 곡절을 겪지 않아도 되었을 거라는 생각도 해 보았다. 하지만 후회는 하지 않는다. 잘되어도 내 인생, 못되어도 내 인생이기에. 그 인생길에 넘어지지 않고, 굴하지 않고 일어서서 달려온 자체가 성공이라고 생각한다.

그저 소원이 있다면 딸을 애타게 기다리고 계실 아버지께 내 손으로 소담한 술 한 상 차려 드리고 싶다. "아버지, 아버지께 자랑이 되기 위해 노력하며 살아왔습니다." 하고 술 한 잔 따라 올리는 것이다. 어머니의 산소에 내 손으로 제사상을 차려 드리며

"어머니, 기다리셨죠? 이 딸이 돌아왔습니다." 하고 말하는 것이다. 한 달만 기다려 달라는 말로 떼어 놓고 온 내 동생을 꼭 끌어안고 "미안해, 미안해…" 하고 매일 천만 번을 소리쳐 온 그 말을 해 주는 것이 소원이다.

나는 지금도 매일같이 기도한다.

아직도 고난 속에서 헤매는 그들에게 주님의 사랑과 은혜를 허락해 달라고 매일매일 낮밤 없이 기도한다. 하루 빨리 그리운 고향에 갈 수 있도록, 부모님의 품에 안길 수 있도록 통일의 날이 다가오기를 목 놓아 울며 부르짖는다.

북한의 모든 사람들이 굶주림도, 정신적, 육체적 고통도 없이 자유와 민주를 찾고 나와 같이 평안, 사랑을 누릴 수 있기를 소망한다.

새로운 내일로 향하는 길 위에서

황선희

19년

탈출, 인신매매, 도망 그리고 되찾은 희망

초판 1쇄 인쇄 2019년 9월 16일
초판 1쇄 발행 2019년 9월 26일

지은이 황선희
펴낸이 안종남

펴낸 곳 지식인하우스
출판등록 2011년 3월 31일 제 2011-000058호
주소 04035 서울시 마포구 양화로7길 55(서교동) 신양빌딩 201호
전화 02)6082-1070
팩스 02)6082-1035
전자우편 book@jsinbook.com
블로그 blog.naver.com/jsinbook
페이스북 facebook.com/jsinbook
인스타그램 @jsinbook

ISBN 979-11-85959-93-1 03810

* 이 책은 저작권법에 따라 보호받는 저작물이므로 무단전재와 무단복제를 금합니다.
* 파손된 책은 구입하신 서점에서 교환해 드립니다.
* 책 값은 뒤 표지에 있습니다.